سرد موت

(جاسوسی ناول)

قانون والا

© Taemeer Publications LLC

Sard Maut *(Detective Novel)*
by: Qanoon wala
Edition: May '2024
Publisher :
Taemeer Publications LLC (Michigan, USA / Hyderabad, India)

ISBN 978-93-5872-880-4

مصنف یاناشر کی پیشگی اجازت کے بغیر اس کتاب کا کوئی بھی حصہ کسی بھی شکل میں بشمول ویب سائٹ پر اَپ لوڈنگ کے لیے استعمال نہ کیا جائے۔ نیز اس کتاب پر کسی بھی قسم کے تنازع کو نمٹانے کا اختیار صرف حیدرآباد (تلنگانہ) کی عدلیہ کو ہو گا۔

© تعمیر پبلی کیشنز

کتاب : **سرد موت** ((جاسوسی ناول))

مصنف : **قانون والا**

صنف : فکشن

ناشر : تعمیر پبلی کیشنز (حیدرآباد، انڈیا)

سالِ اشاعت : ۲۰۲۴ء

صفحات : ۱۳۰

سرورق ڈیزائن : تعمیر ویب ڈیزائن

تعارف

ابن صفی کی مشہور و مقبول عمران اور فریدی سیریز کے متوازی کرنل زاہد کے مرکزی کردار پر مبنی جاسوسی ماہنامہ "مجرم" نے بھی تفریحی ادب کے اردو داں شائقین کے درمیان خاصی مقبولیت حاصل کی۔ کہا جاتا ہے کہ "قانون والا" کے قلمی نام سے ماہنامہ "مجرم" کی کرنل زاہد سیریز تحریر کرنے پر کچھ ادیب مختص تھے جن میں اظہار اثر کا نام بھی شامل رہا ہے۔

'مجرم' سیریز کے جو کردار مقبول ہوئے ان میں کرنل زاہد (انٹلیجینس بیورو کا ایک اعلیٰ عہدیدار) کے بشمول کرنل کیو (انٹلیجینس بیورو کے سربراہ اعلیٰ)، کیپٹن سیما (کرنل زاہد کی پرائیویٹ سکریٹری)، کیپٹن جاوید (کرنل زاہد کا دستِ راست) اور پرائیویٹ سراغرساں ڈاگا شامل ہیں۔

زیر نظر ناول "**سرد موت**" کا خلاصہ درج ذیل ہے:

اس جاسوسی کہانی کی شروعات شہر کے ایک مشہور ریسٹورنٹ میں کرنل زاہد کی ٹیم سے کرنل کیو کی ملاقات سے ہوتی ہے۔ کمیکل انجینئرنگ کے ماہر تبتی نژاد ہندوستانی ڈاکٹر کم یاک کی دختر مون شائی کرنل کیو کے ہمراہ ہوتی ہے، جس کے ساتھ پرائیویٹ ڈیٹکٹیو ڈاگا کا رومانی لگاؤ آگے بڑھ کر شادی کے مرحلے تک پہنچ جاتا ہے۔

ڈاکٹر کم یاک پرفیوم بنانے والی ایک سرکاری فرم میں اونچے عہدے پر فائز تھے۔ ڈاگا کو جب اس کے ایک صحافی دوست نے ڈاکٹر کم یاک کے خلاف انگریزی اخبار میں شائع شدہ چینی حکومت کا ایک بیان دکھایا تو ڈاگا نے براہ راست اپنے ہونے والے خسر ڈاکٹر کم یاک سے تفصیلات حاصل کیں۔ ڈاکٹر نے بتایا کہ تبت پر چین کے حملے کے بعد وہ ہندوستان میں پناہ گزین

کے طور پر داخل ہوئے اور بیس سال کے قیام کے بعد انہیں ہندوستانی شہریت حاصل ہو گئی، چونکہ وہ کمیونزم نظریات کے خلاف تھے لہذا چینی حکومت نے ان کے خلاف جھوٹا پروپگنڈہ کر رکھا ہے۔

اسی دوران کرنل کیو نے ایک مہم کے سلسلے میں، ایک چینی صحافتی کانفرنس میں شرکت کے لیے بطور صحافی کرنل زاہد کو چین روانہ کیا۔ وہاں کے مختلف علاقوں میں کرنل زاہد ڈاکٹر کم یاک کے ماضی کی چھان بین کرتا رہا۔ اور جو معلومات حاصل ہوئیں وہ ڈاکٹر کم یاک کی شخصیت کو شکوک کے دائرے میں لانے کے لیے کافی تھیں۔

چین میں کرنل زاہد کے سرکاری میزبان فیوشی نے ایک گائڈ کے ہمراہ کرنل کو سنکیانگ کے ایسے علاقوں کی تفریح پر روانہ کیا جہاں کا درجہ حرارت نقطۂ انجماد سے بھی دس پندرہ ڈگری سنٹی گریڈ نیچے ہوتا ہے۔ گائڈ کا کہنا تھا کہ وہاں ایک ایسا سرکاری پراجیکٹ بھی جاری ہے جس میں مولی کیولر بایولوجی پر ریسرچ ہو رہی ہے۔ جبکہ زاہد کا اصل مقصد بھی اسی لیبارٹری کی جانچ تھا۔

ایک کھٹارا سی کار میں کرنل زاہد، اس کا گائیڈ چایکا اور ڈرائیور برف کے ریگستان میں سفر پر نکلے۔ دوران سفر اچانک برفانی طوفان نے انہیں گھیر لیا اور ان کی کار بھی خراب ہو گئی۔ ڈرائیور نے بتایا کہ آس پاس ایک سرکاری رہائش گاہ ہے۔ وہ تینوں مکان میں پہنچے اور اطمینان کا سانس لیا۔ مگر جب زاہد نے فطری ضرورت کے تحت باتھ روم جانے کی خواہش کا اظہار کیا تو ڈرائیور نے بتایا کہ وہ کچھ دور پر ہے۔ ڈرائیور زاہد کو لے کر باہر نکلا اور دونوں برفانی طوفان میں پھنس گئے۔ کرنل زاہد کیا جان بوجھ کر چینی حکومت کی جانب سے سرد موت کا شکار بنا دیا گیا؟ ڈاکٹر کم یاک کی اصل شخصیت کیا تھی؟

ناول کا مطالعہ ان سب رازوں سے پردہ اٹھاتا ہے۔

***

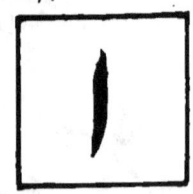

۱

کرنل زاہد، کیپٹن جاوید، کیپٹن سیما اور پرائیویٹ جاسوس ڈاگا۔ چاروں ہوٹل ریوالونگ ٹاور کے ریستوران میں بیٹھے منظر سے لطف لے رہے تھے۔ ہوٹل ریوالونگ ٹاور شہر میں بالکل نیا بنا تھا۔ زمین سے تقریباً ڈیڑھ سو فٹ بلند بالکل گول بنی ہوئی عمارت اپنے عظیم ستون پر ہر وقت بہت آہستہ آہستہ رفتار سے گھومتی رہتی تھی۔ ریستوران میں چاروں طرف شیشے کی دیواریں تھیں جن سے شہر کا منظر دیکھا جا سکتا تھا اور چونکہ پوری عمارت گھومتی رہتی تھی اس لئے منظر مسلسل بدلتا رہتا تھا۔

ریوالونگ ٹاور کے ریستوران کا نام "ستارہ ریستوران" تھا کیونکہ وہ گھومتا رہتا تھا۔ ستارہ ریستوران میں بار بھی تھا اور چھوٹا سا ڈانس فلور بھی تھا۔

اس وقت رات کے آٹھ بجے تھے اور "ستارہ" کی ساری میزیں

گھری ہوئی تھیں۔ وہاں زیادہ تر دولت مند لوگ آتے تھے۔ اس لئے وہ آہستہ آہستہ باتیں کرتے تھے۔ بیچ بیچ میں آرکسٹرا بجنے لگتا تو کچھ جوڑے اُٹھ کر ناچنے لگتے۔

جاوید پانچویں میز پر بیٹھی ایک ادھیڑ عمر عورت کو تک رہا تھا جس کا جسم اگرچہ گداز تھا مگر اس میں سیکس اپیل بہت تھی۔ ڈاگا دونوں ہتھیلیوں پر ٹھوڑی رکھے شیشے کی دیواروں کے پار منظر کو گھورے جا رہا تھا۔ زاہد خاموشی سے کرسی کے تکیئے سے سر لگائے سوچ رہا تھا۔ ان کے گروپ پر ایک عجیب طرح کی خاموشی چھائی ہوئی تھی۔ آخر سیما بولی۔

"خدا خیر کرے۔ کیا کوئی مر گیا ہے جو ہم لوگ سوگ منا رہے ہیں"

"کون سوگ منا رہا ہے۔" زاہد چونک پڑا۔

"ہم سب ــــ ذرا ڈاگا دیکھو صورت پر ساڑھے بارہ بج رہے ہیں اور آدھے گھنٹے سے دیواروں کو اس طرح تکے جا رہے ہیں جیسے کسی کے عشق میں ناکام ہو گئے ہوں یا قیامت آنے والی ہو۔ جاوید ہیں کہ اس موٹی بھینس کو اس طرح گھور رہے ہیں اور بار بار ہونٹوں پر زبان پھیر رہے ہیں جیسے اسے روسٹ کر کے کھانے کا ارادہ رکھتے ہوں اور آپ ...."

ڈاگا نے سیما کی بات کاٹ کر سانپ کی پھنکار کی طرح ایک ٹھنڈا سانس بھرا اور بولا۔

"میں اس زندگی سے تنگ آگیا ہوں۔"

"کیوں تمہیں کیا تکلیف ہے۔" زاہد نے سوال کیا ــــ "آج کل تو تمہاری آمدنی بھی معقول ہے ــــ تم نے دفتر میں ایک سکریٹری بھی رکھ لی ہے۔"

ڈاگا نے پھر پھنکار مار کر کہا" یہی تو مشکل ہے ۔ میں نے سنا تھا لوگ اپنی خوب صورت سکریٹریز سے عشق کرتے ہیں اور عیش کرتے ہیں ۔ مگر میری سکریٹری نے مجھے دھوکا دیا ، وہ شادی شدہ نکلی "۔

" تو تم اس کو بدل دو " جاوید بولا۔

" نہیں ۔ میں یہ کبھی نہیں کرسکتا " ڈاگا اداسی سے بولا "کیوں کہ کام کے معاملے میں بہت مستعد سکریٹری ہے "۔

" تو پھر اور کیا چاہتے ہو "۔ سیما نے سوال کیا ۔

ایک خوب صورت پھول جیسی ننھی منی سی محبوبہ جس سے میں شادی کرسکوں ۔ اب میں تنہائی کی زندگی سے اکتا چکا ہوں ۔ اگر مجھے دو ہفتوں کے اندر اندر کوئی محبوبہ نہ ملی تو میں دفتر بند کر کے سنیاس لے کر ہمالیہ کی کسی گپھا میں جا کر بیٹھ جاؤں گا "۔

جاوید نے غرا کر کہا" احمق ہو تم ۔ ہم تمہارے دوست کس دن کام آئیں گے ۔ میں اپنی ایک محبوبہ تمہیں قرض دے سکتا ہوں "۔

" کون سی محبوبہ "۔

" چاہے جو لے لو ـــ للی ـــ فرزانہ ـــ رانی ـــ انجو ـــ "

" ڈاگا بولا" للی وہ جو بھینگی ہے اور لنگڑا کر چلتی ہے اور فرزانہ وہ جس کی ناک ایسی لگتی ہے کہ ریل کا پہیہ پھر گیا ہے اور چہرہ مراد آبادی برتنوں کی طرح نقشین ہے اور رانی جس کے چہرے پر داڑھی ہے جو روز شیو کرتی ہے "۔

جاوید نے غصے سے کہا" ڈاگا تم میری محبوباؤں کی توہین کر رہے ہو ۔ میں اب تمہیں ایک لڑکی بھی قرض نہیں دوں گا "۔

"تمہاری جیسی محبوباؤں سے عشق کرنے سے بہتر ہے میں خودکشی کرلوں گا۔"

اسی وقت اچانک زاہد کرسی پر سنبھل کر بیٹھ گیا اور اس کے موںہہ سے نکلا۔

"کل یقیناً سورج مغرب سے نکلے گا۔"

سب نے چونک کر پہلے زاہد کی طرف دیکھا اور پھر اس طرف دیکھا جدھر زاہد دیکھ رہا تھا، اس بار ان کے سب کے چہروں پر بھی حیرت کے آثار دوڑ گئے۔

جنرل کیو ایک نہایت خوب صورت لڑکی کے ساتھ ریستوران میں داخل ہو رہے تھے۔ جنرل نے دروازے میں رک کر ادھر اُدھر ایک نظر ڈالی۔ زاہد فوراً اُٹھ کر گیا اور جنرل کے پاس جاکر بولا۔

"سر آپ یہاں؟"

جنرل نے زاہد کی طرف دیکھا اور مسکرا کر بولے۔

"ارے کرنل تم بھی یہاں ہو — بھئی اس ریستوران کی بہت تعریف سُنی تھی۔ بوڑھا ہو گیا ہوں تو کیا کبھی کبھی تو اس دنیا کی رنگینیاں دیکھنے کو میرا بھی جی چاہ جاتا ہے۔"

"یہ تو بہت اچھی بات ہے" زاہد بولا "اگر آپ قبول کریں تو آج کا ڈنر میری جانب سے سہی۔"

"مجھے کوئی اعتراض نہیں۔ جنرل نے مسکرا کر کہا" ان سے ملو یہ مس مون شائی ہیں۔ ڈاکٹر کم یاک کی لڑکی ہیں۔ ڈاکٹر کم یاک تبت کے رہنے والے تھے۔ ان کو ہندوستانی شہریت مل گئی ہے پہلے یونیورسٹی

میں کیمسٹری پڑھاتے تھے۔ آج کل ایک پرفیوم بنانے والی فرم میں سروس کرتے ہیں۔"
زاہد نے مون شائی کی جانب دیکھا۔ چینی۔ جاپانی اور تبتی اپنی چھوٹی چھوٹی بادام جیسی آنکھوں اور ہاتھی دانت جیسے رنگوں کے لئے مشہور ہوتے ہیں لیکن مون شائی اپنی چھوٹی بادامی آنکھوں کے باوجود لاکھوں میں ایک کہی جاسکتی تھی اس کا قد لمبا تھا۔ گالوں میں گلاب کھلے ہوئے تھے اور قدرے ترچھی آنکھوں میں نشیلا پن تھا۔ آنکھیں اور بال بھونرے کی طرح سیاہ تھے۔
زاہد نے جسم کو ذرا سا جھکا کر کہا۔ "خوش آمدید مس مون شائی۔"
مون شائی نے بھی مسکرا کر ہندوستانی میں ہی جواب دیا۔
"تھینک یو کرنل۔"
میرا نام زاہد ہے۔ پلیز آپ بھی میری دعوت قبول کیجئے۔"
تھینک یو مسٹر زاہد۔ میں تو جنرل کے ساتھ ہوں۔"
زاہد ان سب کو لے کر اپنی ٹیبل پر آیا۔ جاوید ڈاگا اور سیما تینوں استقبال کے لئے اُٹھ کھڑے ہوئے۔ زاہد نے مون شائی سے سب کا تعارف کرایا۔ مون شائی نے سب سے باری باری ہاتھ ملایا، لیکن جب اس نے ڈاگا سے ہاتھ ملایا تو ایسا لگا جیسے دونوں کی نظریں چند لمحوں کے لئے اُلجھ کر رہ گئی ہوں۔ سیما کی تیز نظروں نے محسوس کیا کہ ڈاگا سے ہاتھ ملاتے ہوئے مون شائی کی آنکھوں میں ستارے اُتر آئے تھے۔ اس کا مطلب تھا مون شائی کو ڈاگا بہت پسند آیا تھا اور ڈاگا کی محبوبہ کی تلاش کی خواہش پوری ہوگئی تھی۔ سب کرسیوں پر بیٹھ گئے زاہد نے پہلے سب کے لئے کچھ پینے کے لئے منگایا۔ ان کے گروپ میں صرف ڈاگا ہی وہسکی پیتا تھا۔ باقی لوگوں کے لئے شربت اور کولا وغیرہ منگا لئے تھے۔

ابھی وہ پی ہی رہے تھے کہ آرکسٹرا شروع ہو گیا۔ ڈاگا اور مون شائی کی نظریں بار بار مل رہی تھیں۔ آرکسٹرا شروع ہوا تو ڈاگا نے کرسی پر کسمساتے ہوئے جنرل سے کہا۔

"سر اگر آپ کو اعتراض نہ ہو تو اور مس مون شائی قبول کر لیں تو میں ان کے ساتھ ایک ڈانس کر لوں۔"

جنرل نے ہنس کر کہا "نوجوان یہ فیصلہ تم دونوں کرو مجھے اعتراض کرنے کا کیا حق ہے۔"

"تھینک یو سر" ڈاگا نے اُٹھتے ہوئے کہا۔ اور مون شائی کے پاس جا کر باقاعدہ جسم کو ذرا سا جھکا کر سینے پر ہاتھ رکھ کر بولا۔

"کیا آپ یہ ڈانس میرے ساتھ کرنے کی عزت بخش سکتی ہیں مس مون شائی۔"

"ضرور۔۔۔ اٹ ول بی اے پلیژر" مون شائی نے انگریزی میں کہا۔ یہ کہہ کر مون شائی اُٹھ کر ڈاگا کے ساتھ ڈانس فلور پر پہنچ گئی۔ اس کے بعد ایسا لگا کہ وہ دونوں ساری دنیا کو بھول گئے ہیں ایک گھنٹہ تک وہ آرکسٹرا والوں سے فرمائشیں کرتے رہے آخر جب کھانا منگا لیا گیا تو جاوید زبردستی دونوں کو پکڑ لایا۔

اتنی دیر میں ہی زاہد، جاوید اور سیما کو یقین ہو گیا تھا کہ ڈاگا کو وہ لڑکی مل گئی ہے جس کی اُسے تلاش تھی۔

اور مون شائی کی اس ملاقات سے ہی ایک پر اسرار کہانی کی ابتدا ہوئی۔

۲

ڈاکٹر کم یاک چین، ساٹھ سال کی عمر کا صحت مند شخص تھا۔ ایک ٹانگ میں ذرا سی لنگ تھی وہ کیمسٹری کا سائنس داں تھا۔ تبت کا پناہ گزیں تھا یعنی جب چین نے تبت پر حملہ کر کے قبضہ کر لیا تھا اور تبت سے پناہ گزینوں کے قافلے ہندوستان آنے شروع ہوئے تھے تو ڈاکٹر کم یاک بھی ہندوستان آگیا تھا۔ مون شائی اس وقت صرف ایک سال کی بچی تھی۔ مون شائی کی ماں اسی ہنگامے میں مر گئی تھی۔ ڈاکٹر کم یاک کچھ دن ایک کیمپ میں رہا۔ وہ ذہین سائنس داں تھا۔ جلد ہی اس کو یونیورسٹی میں کیمسٹری پڑھانے کی نوکری مل گئی۔ اس کے ساتھ ہی اس نے ہندوستانی شہری ہونے کے لئے درخواست دے دی جو تین سال بعد منظور ہو گئی۔

دس گیارہ سال یونیورسٹی میں پڑھانے کے بعد اس کو گورنمنٹ کی ایک پرفیوم بنانے کی فیکٹری میں ملازمت مل گئی۔ ہندوستان میں رہتے ہوئے

اب اس کو چوبیس سال ہو چکے تھے۔
ستارہ ریستوران میں ملاقات کے ایک ہفتہ بعد ہی مون شائی نے ایک اتوار کو ڈاگا کو لنچ پر اپنے گھر بلایا تاکہ اپنے باپ سے اس کی ملاقات کرا سکے۔
ڈاکٹر یاک بڑے خلاق سے ڈاگا سے ملا۔ کھانے سے پہلے اس نے ڈاگا کو بیئر پینے کی دعوت دی اور باتوں کا سلسلہ شروع ہوا۔ ڈاگا نے سوال کیا۔
"ڈاکٹر یاک آپ کی عمر کا آدھے سے زیادہ حصہ تبت میں گذرا ہے۔ کیا آپ خود کو ہمارے ملک میں ایڈجسٹ کر سکے۔"
ڈاکٹر یاک نے مسکرا کر کہا" اب یہ صرف آپ کا ملک نہیں میرا بھی ہے۔ کیوں کہ اب میں ہندوستانی ہوں۔ ویسے اس میں شک نہیں کہ انسان کا بچپن جہاں گذرتا ہے —— وہ جگہ اس کی یادداشت کی گہرائیوں تک پھیلی ہوتی ہیں۔ اگر چین تبت پر حملہ نہ کرتا تو میں کبھی اپنا وطن نہ چھوڑتا۔"
لیکن وہاں اور بھی تبتی رہ رہے ہیں۔"
"میں شروع سے ہی کمیونزم کے خلاف تھا اس لئے میرے ساتھ ظلم کئے گئے۔ مقامی کمیونسٹوں کے اشارے پر چینی فوجوں نے ان تمام لوگوں کو گرفتار کر کے قید کر دیا تھا جو کمیونزم کے مخالف تھے۔ ایک طرح سے میں ان کی قید سے چھٹ کر بھاگا تھا اگر میں ہندوستان نہ آجاتا تو چینی مجھے گولی مار دیتے۔"
"آپ کو اپنا وطن یاد تو آتا ہوگا۔"

ڈاکٹر پاک نے گہرا سانس لے کر کہا" وطن کس کو یاد نہیں آئے گا۔ میں تبت کے اس سرے پر جو چین سے ملتا ہے ایک چھوٹے سے قصبے "کاسہ" کا رہنے والا ہوں، ہمارا مکان بل روڈ پر سفید رنگ کی ایک تین منزلہ عمارت میں تھا۔ ہمارے گھر کے سامنے ہی ایک بہت بڑا پارک تھا جس میں ایک فوارہ لگا تھا۔ وہ پارک چلڈران کے نام سے مشہور تھا میرا بچپن اسی پارک میں کھیل کود کر گذرا ہے۔ اب مجھے وہ پارک فوارہ وہاں کی گلیاں اور پارک کے پس منظر میں برف پوش پہاڑوں کی چوٹیاں سب کچھ یاد آتا ہے۔ میں جانتا ہوں کہ اب میں کبھی ان مقامات کو نہ دیکھ سکوں گا ـــــ"

یہ باتیں کرتے ہوئے ڈاکٹر پاک کی آواز بھرا گئی تھی اور ایسا لگا تھا جیسے آنکھیں بھی بھیگ گئی ہوں۔ ڈاگا نے ماحول بدلنے کے لئے فوراً مون شائی کو مخاطب کر کے کہا۔

"لیکن مس مون شائی آپ کا بچپن تو ہندوستان میں ہی گذرا ہے۔"

مون شائی نے مسکرا کر جواب دیا" میں تبت میں پیدا ضرور ہوئی ہوں لیکن میں پوری ہندوستانی ہوں، ڈیڈی کی طرح میرے ذہن میں تبت کی کوئی بات نہیں۔"

"مجھے خوشی ہے کہ مون شائی اس وقت بچی تھی جب ہم پر وہ ظلم توڑے گئے اس وقت میں نہ جانے کس طرح اس کو بچا کر لایا تھا۔ لیکن میرا خیال ہے ہم اپنی باتیں کر کے آپ کو بور کر رہے ہیں مسٹر ڈاگا۔"

"نہیں نہیں ایسی کوئی بات نہیں۔" ڈاگا جلدی سے بولا۔

"میں بیئر اور لاتا ہوں۔"

یہ کہہ کر ڈاکٹر پاک اُٹھ کر فریج کی طرف گیا۔ ڈاگا نے پوچھا۔

"کیا آپ کے پاؤں میں کوئی تکلیف ہے؟"

ڈاکٹر نے گھوم کر کہا "یہ بھی چینی سپاہیوں کی نشانی ہے۔"

یہ کہہ کر اس نے اپنی پتلون کھسکا کر ٹانگ کا پچھلا حصہ دکھایا۔ گھٹنے سے ذرا نیچے زخم کا کافی بڑا نشان تھا۔ ڈاکٹر نے کہا۔

"یہاں ایک چینی سپاہی کی گولی لگی تھی کیمپ سے بھاگتے ہوئے میرے یہ گولی لگی تھی جس کی وجہ سے ایک مہینے میں ایک برف پوش وادی میں موت اور زندگی کے بیچ لٹکا رہا تھا۔ یہ گولی اگر ذرا اُوپر لگ جاتی تو شاید میری ٹانگ بے کار ہو جاتی اور میں مر جاتا۔ اب عام طور پر ٹھیک رہتا ہوں۔ لیکن جب بارشیں ہوتی ہیں یا سردی پڑتی ہے تو چوٹ ہری ہو جاتی ہے۔"

یہ کہہ کر اس نے فریج سے بوتل نکالی اور واپس آکر بیٹھ گیا۔

آدھا گھنٹہ اِدھر اُدھر کی باتیں کر کے مون شائی نے کھانا لگایا زیادہ تر کھانے ہندوستانی تھے۔ دو ایک ڈشیں تبت کی تھیں۔ ڈاکٹر پاک نے بتایا۔

"تبت کھانے بنانا میں نے مون شائی کو سکھائے ہیں۔"

کھانے مزے دار تھے اس روز دو گھنٹے رہ کر ڈاگا واپس آگیا۔

زاہد اور سیما کا اندازہ درست تھا۔ ڈاگا سچ مچ مون شائی سے محبت کرنے لگا تھا، خود ڈاگا کے خون میں بھی پہاڑی نسل کا خون شامل تھا۔ اس کی ماں نیپال کی رہنے والی تھی۔

لیکن اس دعوت کے تیسرے دن ہی ایک معمولی سا ایک ایسا واقعہ پیش آگیا جس نے ڈاگا کو اُلجھن میں ڈال دیا۔

دہلی ٹائمز اخبار کا رپورٹر اجیت ڈاگا کا دوست تھا۔ ایک روز اجیت اس کو کافی ہاؤس میں مل گیا۔ ڈاگا اور مون شائی کی ملاقاتوں کے چرچے ان کے دوستوں میں ہونے لگے تھے، اجیت نے پوچھا۔

"سنا ہے تم کسی تبتی لڑکی سے شادی کرنے کے درپے ہو۔"

"ارادہ تو ہے۔ مگر وہ تبتی نہیں رہی۔ اسے اور اس کے باپ کو ہندوستانی شہریت مل چکی ہے۔"

"اس کا باپ کون ہے۔"

"ایک سائنس داں ہے۔ پہلے یونیورسٹی میں پڑھاتا تھا۔ ڈاکٹر کِم یاک نام ہے۔ آج کل ایک پرفیومری فرم میں ملازم ہے۔"

"ڈاکٹر کِم یاک۔" اجیت کے ماتھے پر بل پڑ گئے ——— یہ نام تو جانا پہچانا سا لگتا تھا۔ ابھی چند سال ہوئے کوئی خبر اخباروں میں چھپی تھی جس میں یہ نام آیا تھا۔

"کس طرح کی خبر۔"

"سوری اس وقت کچھ یاد نہیں آرہا۔ لیکن یہ نام میں نے کہیں پڑھا ضرور ہے، تم کہو تو میں پچھلا ریکارڈ دیکھ کر بتا دوں گا۔"

"اگر آسانی سے معلوم ہوسکے تو دیکھ لینا۔ ویسے ڈاکٹر کِم یاک بہت شریف آدمی ہے۔"

"سُنا ہے لڑکی بہت خوب صورت ہے۔"

"اگر خوب صورت نہ ہوتی تو میں شادی کرنے کے بارے میں کیوں سوچتا۔" ڈاگا نے مسکرا کر کہا۔

اس کے بعد وہ اِدھر اُدھر کی باتوں میں لگ گئے۔

تیسرے دن ڈاگا کو ایک لفافہ ملا۔ اس نے لفافہ کھول کر دیکھا تو اس میں اخبار کی ایک کٹنگ رکھی تھی اور اجیت کا ایک مختصر خط تھا خط میں لکھا تھا

.... تمہارے ہونے والے خسر کے بارے میں جس خبر کا میں نے حوالہ دیا تھا اتفاق سے وہ مل گئی ہے اس لئے اخبار کی کٹنگ بھیج رہا ہوں کہ تمہارے ذہن میں تجسس نہ رہے ....

ڈاگا نے اخبار کی کٹنگ دیکھی تو اس طرح لکھا تھا :

چینی عدالت نے ڈاکٹر کِم پاک کو دس سال کی سزا دی ہے۔ پیکنگ سے شائع ہونے والے ایک انگریزی اخبار میں چھپی خبر کے مطابق تبت کے ایک رفیوجی ڈاکٹر کم پاک پر غائبانہ مقدمہ چلا کر چین کی ملٹری عدالت نے دس سال کی سزا دی۔ ان پر الزام لگایا گیا ہے کا تبت کے رفیوجی کیمپ میں رہ کر انہوں نے دو چینی سپاہیوں کو قتل کیا۔ دو سپاہیوں نے ڈاکٹر کم پاک کے خلاف فوجی عدالت میں گواہی دی۔ اور انہوں نے ڈاکٹر کم پاک کو جنگی مجرم ثابت کیا جس نے اپنے ملک کے ساتھ غداری کی۔

بظاہر خبر میں کچھ نہیں تھا، مگر نہ جانے کیوں یہ خبر پڑھ کر ڈاگا کو اپنے اندر بے چینی سی محسوس ہونے لگی۔ ڈاکٹر کم پاک سے ملاقات کے بعد اس پر جو تاثر قائم ہوا تھا اس سے وہ یہ سوچ بھی نہیں سکتا تھا کہ ڈاکٹر کسی کو ہلاک کر سکتا ہے۔

اس نے وہ کٹنگ جیب میں رکھ کر اور اگلے روز موان شائی کو دکھانے کا فیصلہ کر کے دوسرے کاموں میں لگ گیا۔

۳ دوسرے دن وہ مون شائی سے ملا تو اس نے کہا
"شائی ڈارلنگ کل اتفاق سے میں اپنے ایک جرنلسٹ
دوست سے ملنے گیا تھا۔ وہ میرا بہت بے تکلف
دوست ہے اس سے میں نے تمہارا ذکر کیا تھا تمہارے ڈیڈی کا نام اسے بتایا تو
وہ بولا کہ اس نے تمہارے ڈیڈی کے بارے میں ایک عجیب خبر پڑھی تھی"
"خبر کب پڑھی تھی" مون شائی نے سوال کیا۔
ڈاگا نے اس کی بات کو نظر انداز کرتے ہوئے اپنی بات جاری رکھی
"میں نے اپنے دوست سے یہی پوچھا تھا کہ اس نے کیا خبر
پڑھی تھی اور اس میں کیا لکھا تھا۔ اس نے میرے سوال کے جواب میں
اخبار کے پرانے فائل نکال کر اس خبر کی کٹنگ مجھے دے دی"
"تمہارے پاس وہ کٹنگ ہے؟" مون شائی نے سوال کیا۔
"ہاں ہے"

یہ کہہ کر ڈاگا نے اخبار کی کٹنگ نکال کر مون شائی کی طرف بڑھا دی۔ مون شائی نے خبر کی پہلی لائن پڑھ کر حیرت سے کہا۔

"یہ تو دس سال پرانی خبر ہے۔"

"ہاں ــــ" ڈاگا نے سر ہلا کر کہا "تم پوری خبر پڑھو۔"

مون شائی نے پوری خبر پڑھ لی تو حیرت بھرے لہجے میں بولی۔

"عجیب بات ہے۔ ڈیڈی نے کبھی مجھ سے اس بارے میں کوئی ذکر نہیں کیا۔"

"واقعی یہ عجیب بات ہے۔ کم از کم ان کو اس خبر کی تردید تو کرنی چاہیئے تھی۔ تمہارے ڈیڈی سے بات چیت کرنے کے بعد میں یہ کہہ سکتا ہوں کہ وہ کسی کو قتل نہیں کر سکتے۔ پھر انہوں نے الزام اخباروں میں دیکھ کر اس کی تردید کیوں نہیں کی۔"

"ہو سکتا ہے ڈیڈی کی نظروں سے یہ خبر گذری ہی نہ ہو۔"

"یہ ناممکن ہے۔ ڈاکٹر کم یاک جیسا نام ہمارے ہندوستان میں عام نہیں ہوتا پھر اس زمانے میں وہ یونیورسٹی میں پڑھاتے تھے، اور دہلی ٹائمز اخبار کوئی معمولی اخبار نہیں اس لئے وہ خبر ان کی نظر سے نہ گذرتی تو بھی کوئی نہ کوئی بتا دیتا۔"

مون شائی نے اس کے چہرے پر نظریں جما کر سوال کیا۔

"مسٹر ڈاگا اگر یہ خبر سچ بھی ہے تو کیا اس سے ڈیڈی کی ذات پر کوئی اثر پڑتا ہے۔"

"اثر تو کوئی نہیں پڑتا۔ لیکن چینی حکومت نے ان پر مقدمہ چلا کر اور ان کو غائبانہ سزا دے کر اس خبر کو اپنے یہاں کے انگریزی اخبار

میں چھپوایا۔ اس کا مطلب ہے چینی حکومت نے آپ کے ڈیڈی کو جان بوجھ کر بدنام کرنے کی کوشش کی۔

سوال یہ ہے کہ تبت سے آنے والے ہزاروں لاکھوں پناہ گزینوں میں انہوں نے آپ کے ڈیڈی پر ہی مقدمہ کیوں چلایا، اور کیوں اس خبر کو خاص طور سے انگریزی اخبار میں چھپوایا، جو پناہ گزین ہندوستان آئے ہیں ان میں سے بہت سے لوگوں نے چینی سپاہیوں کو مارا ہوگا چینی فوجوں کے خلاف سازشیں بھی کی ہوں گی۔ لیکن انہوں نے اور کسی پر مقدمہ نہیں چلایا۔"

مون شانی سوچتے ہوئے بولی "آپ کے یہ پوائنٹ واقعی سوچنے کے قابل ہیں میرا خیال ہے ہمیں ڈیڈی سے اس بارے میں بات کرنی چاہئے"

"ہمیں؟" ڈاگا نے سوال کیا۔

"ہاں — اس بارے میں ہم دونوں ڈیڈی سے بات کریں گے۔ اگر ہم ایک دوسرے سے محبت کرتے ہیں۔ اگر ہمیں ایک دوسرے کے ساتھ زندگی گذارنی ہے تو ایک دوسرے کے خاندان کے بارے میں کوئی بات شک کی نہیں رہنی چاہئے۔"

"لیکن مجھے تمہارے ڈیڈی پر کوئی شک نہیں۔ یہ خبر شائع ہونے میں ان کا کیا قصور ہے۔"

اس کے باوجود آپ کے ذہن میں یہ بات تو آئی۔ اور آپ کا ایسا سوچنا غلط بھی نہیں۔ واقعی یہ بات عجیب ہے کہ چینی حکومت نے اتنے سارے پناہ گزینوں میں صرف ڈیڈی پر ہی غائبانہ مقدمہ چلاکر سزا کیوں دی اور کیوں اس خبر کو انگریزی اخبار میں شائع کیا۔"

"انگریزی اخبار میں خبر شائع کرانے کی بات تو سمجھ میں آتی ہے۔"
"کیا ـــ" مون شائی نے سوال کیا۔
"چینی حکومت چاہتی تھی کہ یہ خبر ہندوستان اور دوسرے ملکوں میں بھی پڑھی جائے اور ہندوستانی اخبار بھی اس خبر کو چھاپیں۔"
"اس کا مطلب ہے وہ جان بوجھ کر ڈیڈی کو بدنام کرنا چاہتے تھے ـــ"
"ہاں ـــ یہی تو مجھے حیرت ہے۔ وہ یہ چاہتے تھے کہ ہندوستان میں آپ کے ڈیڈی کو بدنام کیا جائے۔"
"آپ کے خیال میں اس کی کیا وجہ ہو سکتی ہے ـــ" مون شائی نے سوال کیا۔
"میں کیا کہہ سکتا ہوں۔ ویسے یہ ہو سکتا ہے کہ وہ ہندوستانیوں کے ذہن میں آپ کے ڈیڈی کے خلاف شکوک پیدا کر کے یہ چاہتے ہوں کہ ہماری حکومت ان کو اپنے ملک سے نکال دے۔ ہو سکتا ہے ان کو اپنے ملک میں بلا کر کام کرنے پر مجبور کرنا چاہتے ہوں۔ آپ کے ڈیڈی سائنس داں ہیں اور حکومت کو ایسے سائنس دانوں کی ضرورت رہتی ہے۔"
"اگر یہ بات تھی تو ڈیڈی کو واقعی اس خبر کی تردید کرنی چاہیے تھی"
"لیکن اگر وہ واقعی یہ چاہتے تھے کہ ہماری حکومت تمہارے ڈیڈی کو نکال دے اور چینی ان کو گرفتار کر کے اپنے لئے کام کرنے پر مجبور کریں تو ان کو اس خبر کے علاوہ کچھ اور بھی کرنا چاہیے تھا۔ وہ صرف مقدمہ چلا کر یہ خبر چھپوا کر خاموش کیوں ہو گئے۔ وہ حکومت ہند سے ان کی واپسی کا مطالبہ کر سکتے تھے یا ان کو اغوا کرنے کی کوشش کر سکتے تھے"

مون شائی بولی" ہم لوگ اپنا وقت ضائع کر رہے ہیں ۔میرا خیال ہے آج شام ہمیں ڈیڈی سے اس بارے میں بات کرنی چاہیے "۔

" آل رائٹ ۔جیسے تم چاہو "۔

" تو آپ شام کو ڈنر ہمارے گھر ہی کھائیے ۔ ڈنر پر ہی ہم ڈیڈی سے بات کرلیں گے "۔

" اوکے ۔میں آجاؤں گا "۔ ڈاگا نے جواب دیا۔

اس کے بعد مون شائی چلی گئی ۔ ان دنوں مون شائی بھی ایک سرکاری دفتر میں اسٹینو گرافر کے بطور کام کرتی تھی ۔

رات کو ڈاگا ڈاکٹر کم یاک کے مکان پر پہنچ گیا ۔ کھانے سے پہلے جب ڈاگا اور کم یاک وہسکی کا ایک ایک پیگ لے رہے تھے ، تو مون شائی نے بات شروع کرتے ہوئے کہا۔

ڈیڈی کیا آپ کو معلوم ہے ، دس سال پہلے چینی حکومت نے پیکنگ میں غائبانہ آپ پر مقدمہ چلایا تھا اور آپ کو دس سال کی سزا دی تھی "۔

ڈاکٹر کم یاک نے چونک کر کہا " تمھیں کیسے معلوم ہوا "۔

" مسٹر ڈاگا کو اخبار کی ایک پرانی کٹنگ ملی ہے "۔

ڈاکٹر کم یاک نے ڈاگا کے چہرے پر نظریں جماتے ہوئے کہا۔

" ہاں میں نے وہ خبر پڑھی تھی ۔

" آپ نے مجھے کبھی اس بارے میں نہیں بتایا " مون شائی بولی۔

" بیٹی اس وقت تمہاری عمر صرف بارہ سال تھی اور تم مسوری کے اسکول کے ہوسٹل میں داخل تھیں ۔ دوسرے وہ خبر قطعی غلط تھی اس

میں تمہیں کیا بتاتا؟"

ڈاگا نے سوال کیا۔"تو کیا آپ نے اس خبر کے بارے میں تردید کر دی تھی؟"

"میں نے اس کی ضرورت ہی نہیں سمجھی تھی۔"

"کیا ہماری حکومت نے اس خبر کا کوئی اثر نہیں لیا تھا؟"

"لیا تھا۔۔۔ آپ کے فارن منسٹری کے ڈیپارٹمنٹ نے مجھ سے اس خبر کے بارے میں سوال کیا تھا۔ میں نے اطمینان دلا دیا تھا کہ یہ خبر غلط ہے۔"

"اس خبر میں دو گواہوں کا بھی ذکر ہے۔ ان کے نام بھی چھپے ہیں کیا آپ اس نام کے آدمیوں کو جانتے تھے؟"

"بالکل نہیں۔"

"لیکن آپ کیمپ سے فرار تو ہوئے تھے؟"

"ہاں مگر کسی کو قتل کر کے نہیں۔ بلکہ خود زخمی ہوا تھا۔"

"تو پھر چینی حکومت نے آپ پر یہ الزام کیوں لگایا؟"

"میرا خیال ہے کہ نام چھپنے میں کوئی غلطی ہو گئی ہے۔ ہو سکتا ہے یہ مقدمہ کسی اور پر چلایا گیا ہو۔"

"لیکن انہوں نے آپ کے نام کے ساتھ باقاعدہ ڈاکٹر لکھا ہے۔۔۔"

تبت میں کم یاک ڈاکٹر بھی ہوں گے۔ ہو سکتا ہے۔ اصل نام ڈاکٹر کم یاک نہ ہو۔ نم یاک ہو۔ یا کم شاک ہو اور کمپوزنگ کی غلطی سے میرا نام چھپ گیا ہو۔"

ڈاگا نے کچھ سوچ کر سوال کیا "کیا آپ کیمسٹری کی کسی خاص برانچ میں ماہر ہیں، ڈاکٹر کم یاک "

" اب ہوں پہلے نہیں تھا"

" اب آپ کسی برانچ میں ایکسپرٹ ہیں "

" شاید تم نے سنا ہو گا وائرس نہ صرف بیکٹریا ہوتے ہیں اور نہ صرف کیمیکل بلکہ وائرس آدھے زندگی اور آدھے کیمیکل ہوتے ہیں ۔ میں وائرس کے کیمیکل والے حصے پر ریسرچ کرتا رہا ہوں "

" تو کیا یہ ممکن نہیں کہ چینی حکومت آپ پر اس طرح کا دباؤ ڈال کر آپ کو اپنے لئے کام کرنے پر مجبور کرنا چاہتی ہو "

" مجھے معلوم نہیں ۔ میرا خیال اب بھی یہی ہے کہ یہ صرف نام کا مغالطہ ہوا ہے اسی لئے میں نے اس خبر پر کوئی توجہ نہیں دی تھی "

یہ بات سمجھ میں آتی تھی اس لئے ڈاگا خاموش ہو گیا ۔

کچھ دیر بعد ہی مون شائی نے کھانا ٹیبل پر لگا دیا اور وہ کھانا کھانے کے لئے اٹھ کھڑے ہوئے ۔

۴

کچھ اپنے پیشے کی وجہ سے اور کچھ کرنل زاہد کے ساتھ رہنے کی وجہ سے ڈاگا کا دماغ بھی بہت شکی ہوگیا تھا۔ اگرچہ ڈاکٹر کم یاک کی باتوں سے وہ مطمئن ہوگیا تھا لیکن پھر بھی اس کے ذہن میں ایک پھانس سی چبھ کر رہ گئی تھی۔ اس کی سمجھ میں یہ بات نہیں آرہی تھی کہ چینی حکومت نے ڈاکٹر کم یاک پر غائبانہ مقدمہ چلا کر اس کو سزا کیوں دی۔

کچھ دن تک تو وہ اس خلش کو دبائے رہا۔ آخر ایک دن اس نے کرنل زاہد کو ساری باتیں بتا کر اس سے مشورہ چاہا۔ سب کچھ سننے کے بعد کچھ دیر زاہد سوچتا رہا، پھر بولا۔

جہاں تک سیکورٹی کا تعلق ہے۔ مون شائی کو جنرل کیو نے ہم سے ملوایا تھا اور جنرل کیو کبھی کسی کے ساتھ اس وقت تک نہیں جاتے جب تک اس کے بارے میں پوری چھان بین نہ کرلیں لیکن جہاں تک حالات

کا تعلق ہے وہ ضرور چند سوال اُٹھاتے ہیں۔ اگرچہ یہ سوال بھی قطعی اہم نہیں لیکن واقعی کچھ سوال ضرور پیدا ہوتے ہیں مثلاً یہی کہ اگر ان کی نظر میں ڈاکٹر کم یاک جنگی مجرم تھا تو انہوں نے ہندوستانی حکومت سے اس کو مانگا کیوں نہیں، یہ الگ بات تھی کہ ہندوستانی حکومت کم یاک کو چینی حکومت کے حوالے کرنے سے انکار کر دیتی، لیکن ان کو مطالبہ تو کرنا چاہئے تھا — دوسرے یہ کہ ڈاکٹر کم یاک نے چینی سپاہیوں کو قتل نہیں کیا تھا تو اس پر غائبانہ مقدمہ کیوں چلایا گیا، بظاہر اس کا ایک ہی جواب نظر آتا ہے۔"

"وہ کیا —" ڈاگا نے سوال کیا۔

"جو ڈاکٹر کم یاک نے دیا تھا۔ یعنی یہ کہ نام کی غلطی ہو گئی ہے لیکن جو بھی ہو تم اس قدر پریشان کیوں ہو۔ کم از کم ڈاکٹر کم یاک کوئی جرائم پیشہ یا غیر ملکی جاسوس نہیں ورنہ اب تک اس کا راز کھل چکا ہوتا۔ دوسرے تمہیں شادی اس کی لڑکی سے کرنی ہے، اس سے نہیں۔"

"آپ ٹھیک کہتے ہیں" ڈاگا بولا۔ "اب میں مطمئن ہو گیا۔ آپ کو یہ سب کچھ بتا کر مجھے ایسا لگا جیسے میرے ذہن سے پھانس نکل گئی ہو۔"

اس گفتگو کے بعد ڈاگا اس بات کو بالکل بھول گیا۔

ڈاگا سے اس بات چیت کے ایک ہفتہ بعد زاہد اپنے دفتر میں بیٹھا تھا۔ سیما سکریٹری والے کمرے میں تھی۔ اچانک فون کی گھنٹی بجی سیما نے ریسیور اٹھایا تو جنرل کیو کی آواز سنائی دی۔

"کیپٹن سیما ذرا کرنل زاہد کو میرے کمرے میں بھیج دو۔"

زاہد جب کسی کیس پر کام نہیں کر رہا ہوتا تو وہ باقاعدہ دفتر

میں بیٹھتا تھا۔ سیما نے اس کو جنرل کا پیغام دیا تو زاہد اسی وقت اٹھ کر چل دیا۔

جاوید کو اس روز ہلکا سا بخار ہو گیا تھا اس لئے وہ گھر پر ہی تھا۔ زاہد کے کمرے سے دو کمرے چھوڑ کر جنرل کا کمرہ تھا۔ جنرل کے کمرے کے بالکل برابر میں ایڈیشنل ڈائرکٹر آف انٹیلی جنس کا کمرہ تھا۔ ایڈیشنل ڈائرکٹر بھی ایک ریٹائرڈ جنرل تھا۔ اس کا نام جنرل ٹھاکر تھا۔ سروس کے لحاظ سے وہ جنرل کیو کے ماتحت تھا — لیکن پورے محکمہ انٹیلی جنس میں صرف جنرل کیو ہی اس سے بڑا تھا۔

پتہ نہیں کیوں زاہد اور جنرل ٹھاکر کی کبھی نہیں بنتی تھی۔ اس کی ایک وجہ یہ بھی ہو سکتی تھی کہ زاہد جنرل کیو کا چہیتا تھا اور وہ بہت سے سرکاری کاموں میں من مانی کارروائی کرتا رہتا تھا۔ جنرل کیو جس کو نظر انداز کر دیتے تھے۔ کیوں کہ وہ زاہد پر پورا بھروسہ رکھتے تھے۔ جنرل ٹھاکر ڈسپلن کا بہت پابند تھا۔

زاہد جنرل کے کمرے میں داخل ہوا — باہر والے چھوٹے کمرے میں جنرل کی سکریٹری بیٹھی تھی — اس نے مسکرا کر سکریٹری سے کہا —

"ڈیڈی نے مجھے بلایا ہے۔"

"یس کرنل" سکریٹری نے مسکرا کر جواب دیا "وہ اندر تمہارا ہی انتظار کر رہے ہیں۔"

زاہد اندرونی دروازہ کھول کر جنرل کیو کے کمرے میں داخل ہوا اور بولا "سر آپ نے مجھے بلایا ہے۔"

جنرل نے کچھ کاغذات پر سے نظر اُٹھاتے ہوئے کہا۔
"یس کرنل۔ آؤ بیٹھو۔"
زاہد کرسی پر بیٹھ گیا تو جنرل نے سگار کا کش لے کر دھوئیں کے بادل اڑاتے ہوئے کہا۔
"پیکنگ جانا پسند کرو گے"
"پیکنگ" زاہد حیرت سے بولا۔ "خیریت تو ہے"
"وہاں ایشیائی ادیبوں، شاعروں اور جرنلسٹوں کی ایک کانفرنس ہو رہی ہے۔"
"تو اس کانفرنس میں میں کیا کروں گا۔" زاہد بولا "نہ میں شاعر ہوں، نہ ادیب، نہ جرنلسٹ۔"
"اگر تم جانا چاہو تو ہم تمہیں جرنلسٹ بنا سکتے ہیں۔"
زاہد نے جنرل کے چہرے پر نظریں جماتے ہوئے مسکرا کر کہا۔
"اگر آپ کسی وجہ سے بھیجنا ہی چاہتے ہیں تو مجھ سے پوچھنے کی کیا ضرورت ہے۔ حکم دیجئے چلا جاؤں گا۔"
"کوئی اہم بات نہیں" جنرل نے لاپرواہی سے کہا۔ "لیکن میں چاہتا ہوں کہ ہمارا ایک آدمی اس کانفرنس میں رہے۔ ہم لوگ شاعروں اور ادیبوں کو نظر انداز کر دیتے ہیں، حالانکہ یہ غلط ہے۔ شاعر اور ادیب چاہیں تو کسی قوم کا پورا مزاج بدل سکتے ہیں۔ وہاں کیا فیصلے ہوتے ہیں اور ان فیصلوں کی تہہ میں کیا مقصد کام کر رہا ہے، یہ جاننا ضروری ہے۔"
"تو میں چلا جاؤں گا۔ کب جانا ہو گا۔"
ایک ہفتہ بعد وفد جا رہا ہے ــــ تم چاہو تو وہاں ایک ہفتہ

رہ سکتے ہو اور چینی حکومت سے ان کے ترقی یافتہ علاقے دیکھنے کی خواہش ظاہر کر سکتے ہو۔"

ایک بار پھر زاہد کے ہونٹوں پر مسکراہٹ دوڑ گئی اس نے کہا

" تو اس کا مطلب یہ ہے آپ مجھے ان کے کسی خاص پروجیکٹ کے بارے میں معلومات حاصل کرنے کے لئے بھیجنا چاہتے ہیں۔"

" تمہیں وہاں گھومنے کا ایک موقعہ مل رہا ہے۔ تم اس سے فائدہ اُٹھا سکتے ہیں۔ سنکیانگ کے صوبے میں چینی سائنس داں ایک خفیہ پروجیکٹ پر کام کر رہے ہیں۔ شاید وہاں گھومتے پھرتے تمہیں اس پروجیکٹ کے بارے میں کچھ معلوم ہو جائے۔ کوئی خطرہ مول لینے کی ضرورت نہیں۔ کوئی کوشش کرنے کی بھی ضرورت نہیں صرف کان اور آنکھیں کھلی رکھنے کی ضرورت ہے۔ شاید کچھ سننے اور دیکھنے کو مل جائے۔"

" میں آپ کا مطلب سمجھ گیا۔ میں چلا جاؤں گا اور ہاں آپ نے چین کا ذکر کیا ہے تو مجھے ایک اور بات یاد آ گئی۔"

" کیا بات۔"

زاہد نے ڈاگا اور موِن شائی کے بارے میں سب کچھ بتا کر ڈاکٹر کم یاک کے بارے میں اس خبر کا واقعہ سُنایا۔ جنرل نے سب کچھ سُن کر کہا مجھے اس خبر کے بارے میں معلوم ہے۔ فارن منسٹری نے اس زمانے میں چینی حکومت سے ڈاکٹر کم یاک کے اس مقدمے کے بارے میں پوچھا بھی تھا مگر چینی حکومت نے اس سلسلہ میں زیادہ دلچسپی نہیں لی۔ اس لئے میں ڈاکٹر کم یاک کی اس بات سے متفق ہوں کہ وہ صرف ناموں کی غلطی تھی۔ ویسے تم پیکنگ جا ہی رہے ہو چاہو تو تم

ان دونوں گواہوں سے مل سکتے ہو جنہوں نے قومی عدالت میں ڈاکٹر کم یاک کے خلاف بیان دیئے تھے۔"

"میں ان گواہوں سے کیسے مل سکتا ہوں۔ اخبار میں صرف ان کے نام درج ہیں اور اس واقعہ کو دس سال گذر چکے ہیں۔"

وہاں تمہیں ایک سرکاری ترجمان ملے گا۔ اس سے تم ذکر کرنا شاید وہ کسی محکمہ کے ذریعے کوشش کر کے تمہیں ان دونوں گواہوں سے ملوا دے۔ اگر میں غلطی نہیں کرتا تو ایک بار تم نے چینی زبان بھی سیکھی تھی۔"

"جی ہاں، ٹوٹی پھوٹی بول بھی لیتا ہوں اور سمجھ بھی لیتا ہوں۔"

جنرل نے مسکرا کر کہا" اسی لئے میں تمہیں اس کانفرنس میں بھیجنا چاہتا ہوں۔ تم سفر کی تیاری کرو۔ چوبیس کو یہاں سے روانگی ہے۔ بس اب تم جا سکتے ہو۔"

زاہد اٹھ کھڑا ہوا۔

۵

کانفرنس دراصل ایک ساحلی شہر کوم تانگ میں ہوئی تھی۔ اس لئے ہندوستانی ادیبوں کا وفد راستے میں تین چار جگہ رُکتے ہوئے کوم تانگ پہنچا۔ ہوائی اڈے پر اس کے استقبال کے لئے کانفرنس کے منتظمین کے علاوہ کچھ سرکاری لوگ بھی موجود تھے۔ بڑا شاندار استقبال ہوا۔ اس کے بعد ان کو ایک ہوٹل میں لے جایا گیا۔ جہاں کانفرنس کے دوران ان کی رہائش کا بندوبست کیا گیا تھا۔ ہر ادیب کو ایک مترجم لڑکی ملی جو ان کی گائیڈ بھی تھی۔ اور شاید ان کی سیاسی نگرانی بھی ان ہی لڑکیوں کے سپرد تھی۔ زاہد کو جو ترجمان لڑکی ملی اس کا نام تائی کا دان تھا۔ زاہد نے اس کا نام سُن کر کہا۔

"میں اتنا لمبا نام نہیں لے سکتا۔ اگر تم اجازت دو تو میں تمہارا ایک چھوٹا سا نام رکھ لوں۔ ویسے بھی ہمارے یہاں تائی باپ کے بڑے بھائی کی بیوی کو کہا جاتا ہے۔"

"تو میں تمہارے نام کے اوّل و آخر کے دو لفظ لے لیتا ہوں اس طرح میں تمہیں "تاوان" کہہ کر پکاروں گا۔"

لڑکی نے پلکیں جھپکاتے ہوئے حیرت سے کہا "مگر تاوان تو آپ کی زبان میں جرمانہ یا سزا کو کہا جاتا ہے۔"

"ہاں" زاہد نے مسکرا کر جواب دیا" میں نہایت کوڑھ مغز شخص ہوں۔ میرا ترجمان بنا کر تمہاری حکومت نے تم پر جرمانہ ہی تو کیا ہے"

اس بار پھر لڑکی نے ایک قہقہہ لگا کر کہا" میں نہیں مان سکتی کہ آپ کوڑھ مغز ہو سکتے ہیں۔ پہلی بات تو یہ ہے کہ آپ جرنلسٹ ہیں اور جرنلسٹ کوڑھ مغز آدمی نہیں بن سکتے۔ دوسرے آپ کی آنکھوں اور آپ کے چہرے سے ذہانت ظاہر ہے۔"

"اب میں انکار نہیں کر سکتا ـــــ" زاہد بولا ـ کیوں کہ تم جیسی خوب صورت لڑکی اگر مجھ جیسے مرد کی جھوٹی بھی تعریف کرے تو اس مرد کو یقین کر لینا چاہیئے۔"

تیسری بار تاوان اور دیر تک ہنسی رہی پھر بولی۔

"آپ بہت دل چسپ آدمی ہیں مسٹر زاہد ـــ مجھے آپ کا دیا ہوا نام پسند ہے۔"

اس کے بعد لڑکی سے زاہد کی دوستی ہو گئی۔

کانفرنس تین دن چلتی رہی۔ ادیب اور شاعر نظریاتی لڑائیاں لڑاتے رہے خوب بحثیں ہوئیں۔ زاہد کو ان تقریروں یا تجویزوں سے کوئی دل چسپی نہیں تھی۔ کانفرنس کی ساری کارروائی وہ ریکارڈ کرتا جا رہا تھا ـــ دن بھر خود لوگوں سے ملتا پھرتا اور جنرل کیوگی ہدایت لے

مطابق آنکھیں اور کان دونوں کھُلے چھوڑ رکھے تھے۔

اس کانفرنس کے دوران اس کی دوستی ایک شخص مسٹر فیوشی سے ہوگئی تھی۔ فیوشی، فارن منسٹری میں کسی بڑے عہدے پر تھا۔ ان لوگوں کو کانفرنس کے بعد ایک مہینہ گھومنے کی اجازت تھی بلکہ منتظمین نے خود پوچھا تھا کہ جو لوگ جہاں جہاں گھومنا چاہیں وہ ایک فارم بھر کر دے دیں حکومت ان کی سہولت کا بندوبست کرے گی۔ زاہد نے اپنے فارم میں سنکیانگ کے اس پہاڑی مقام کا نام لکھ دیا تھا جہاں جنرل کیو کے بیان کے مطابق چینی حکومت کسی خاص پروجیکٹ پر کام کر رہی تھی۔

کانفرنس ختم ہونے سے پہلے لنچ پر اس کے ساتھ فیوشی اور تاوان دونوں تھے۔ باتوں کے درمیان زاہد نے فیوشی سے کہا۔

"مسٹر فیوشی میرا ایک ذاتی کام ہے جس میں مجھے آپ کی مدد درکار ہے"

"ضرور" فیوشی مسکرا کر بولا۔ "کہئے کیا کام ہے۔"

"فیوشی صرف انگریزی جانتا تھا"۔ زاہد نے کہا۔

"ہندوستان میں میں ایک لڑکی سے محبت کرتا ہوں۔"

"ویری گڈ۔ فیوشی مسکرا کر بولا "محبت کرنا تو اچھی بات ہے۔"

اس پر تاوان مسکرا کر بولی "آپ کی اس بات سے میرے دل میں حسد کی آگ بھڑک اٹھی ہے زاہد صاحب۔ کاش آپ ہمارے ملک کے رہنے والے ہوتے۔"

زاہد نے بھی ترکی بہ ترکی جواب دیا "اگر تم مجھ سے شادی کا وعدہ کرو تو میں اس ملک میں رہ جاؤں گا۔"

"مگر آپ ابھی کہہ رہے تھے آپ کسی لڑکی سے محبت کرتے ہیں۔"

"ہاں کرتا تو ہوں ۔ اس کا نام مون شائی ہے۔"
"فیوشی نے حیرت سے کہا "کیا وہ چینی ہے۔"
"نہیں، اس کا باپ تبت کا رہنے والا ہے ــــ اس کا نام ڈاکٹر کم یاک ہے۔"
"کیا اس کا باپ آپ کی شادی کے خلاف ہے۔"
"نہیں خلاف کوئی نہیں ۔ لیکن میرے سامنے ایک اُلجھن آپڑی ہے۔"
"کیا ــــ"
"ابھی ہم نے اپنی منگنی کا اعلان بھی نہیں کیا تھا کہ ایک روز اخباروں کے پرانے فائل دیکھتے ہوئے ایک خبر پر میری نظر پڑی خبر ڈاکٹر کم یاک کے بارے میں ہی تھی اور دس سال پرانی خبر تھی۔"
"اس خبر میں کیا تھا۔" تاوان نے سوال کیا۔
"اس میں لکھا تھا کہ ڈاکٹر کم یاک پر ان کی غیر موجودگی میں پکنگ میں ایک ملٹری کورٹ نے مقدمہ چلایا، اور دس سال کی سزا دی۔"
فیوشی نے حیرت بھری آواز میں کہا ۔ ملٹری کورٹ میں مقدمہ چلا،
"جی ہاں"
"کیوں۔"
"پتہ نہیں، خبر سے صرف اتنا پتہ چل سکا کہ آپ کی حکومت ڈاکٹر کم یاک کو جنگی مجرم سمجھتی تھی اس پر دو چینی سپاہیوں کے قتل کا الزام تھا"
"پھر تو مجھے آپ سے ہمدردی ہے ــــ کیا یہ خبر ہندوستانی اخبار میں چھپی تھی۔"

خبر پہلے تو آپ کے ملک سے شائع ہونے والے ایک انگریزی اخبار میں چھپی تھی ہمارے اخباروں نے اس کی نقل کی تھی۔"

" تو اب آپ اس لڑکی سے اس لئے شادی نہیں کرنا چاہتے کیوں کہ اس کا باپ قاتل ہے۔"

" جی نہیں۔ میرا خیال اس خبر میں یا اس مقدمے میں کچھ غلط فہمی ہو گئی ہے۔"

" وہ کیسے" فیوشی نے حیرت سے پوچھا۔

اس لئے کہ ڈاکٹر کم یاک بہت شریف آدمی ہے۔ وہ آدمی تو کیا ایک مکھی کو بھی قتل نہیں کر سکتا۔"

" کیا آپ نے اس شخص سے مقدمے کے بارے میں بات کی ہے۔"

جی ہاں۔"

پھر اس نے کیا جواب دیا۔

اس نے کہا کہ اس نے کسی کو قتل نہیں کیا اس میں شک نہیں وہ تبت کا پناہ گزین ہے اور اب اسے ہمارے ملک کی شہریت مل گئی ہے۔ مگر وہ کیمسٹری کا سائنس داں ہے۔ شریف ہے وہ قتل نہیں کر سکتا تھا۔"

" اگر آپ کو یہ یقین ہے تو پھر آپ کو اس لڑکی سے شادی کرنے میں کیا الجھن ہے۔"

" بس ایک تجسس ہے جو میں دور کرنا چاہتا ہوں۔"

" کیسے۔"

" اس مقدمے میں دو گواہ پیش ہوئے تھے جو اس کیمپ میں پہرے دا

تھے جس سے ڈاکٹر ملکم یاک فرار ہوا تھا۔ میں ان گواہوں سے کسی طرح ملنا چاہتا ہوں۔"

"کیا آپ کو ان گواہوں کے نام اور پتے معلوم ہیں؟"

"ایک کا نام وان چو اور دوسرے کا مائی لا تھا۔ پتہ معلوم نہیں"

اس بار فیوشی نے ایک قہقہہ لگایا اور بولا "مسٹر زاہد چین کی آبادی میں لاکھوں وان چو اور مائی لا ہوں گے۔ پھر بھلا آپ ان دو شخصوں کو کیسے تلاش کر سکتے ہیں۔ آپ کہتے ہیں مقدمہ دس سال پہلے چلا تھا۔ جرم اس سے بھی دس سال پہلے ہوا ہو گا۔ کیوں کہ تبت کو آزاد ہوئے بیس سال سے اوپر ہو چکے ہیں۔ ہو سکتا ہے اب تک وہ مر چکے ہوں اور اگر مرے بھی نہ ہوں گے تو بھی اسی کروڑ کی آبادی میں ان کو تلاش کرنا بالکل ایسا ہی ہے جیسے پھونس کے ڈھیر میں سوئی تلاش کرنا۔"

فیوشی کی بات معقول تھی اس لئے زاہد سوچنے کے لئے چائے کے کپ میں چینی ڈال کر چمچہ چلانے لگا۔

٦

کچھ دیر بعد زاہد بولا — "لیکن اگر آپ چاہیں تو ان گواہوں کو تلاش کر سکتے ہیں۔"

"وہ کیسے؟"

"مقدمہ باقاعدہ ملٹری کورٹ میں چلا تھا۔ اس کا ریکارڈ ضرور ہوگا اور اس ریکارڈ میں گواہوں کے نام اور پتے بھی ہوں گے۔"

اس بار فیوسٹی کچھ سوچ کر بولا "لیکن مسٹر زاہد اگر کسی طرح ان گواہوں کا پتہ بھی چل جائے تو میری سمجھ میں نہیں آتا آپ ان سے کیا جاننا چاہیں گے۔"

"میں یہ سمجھتا ہوں کہ اس کیس میں نام کا مغالطہ ہے۔"

"لیکن یہ بھی تو ہو سکتا ہے کہ ڈاکٹر کم پاک واقعی جنگی مجرم ہو۔"

"اگر وہ جنگی مجرم ہوتا تو ہندوستان جا کر بڑی آسانی سے اپنا نام بدل کر رہ سکتا تھا۔"

"اس صورت میں اس کا جرم ثابت ہو جاتا"

"وہ کیسے"

"تبت سے ہزاروں لوگ آپ کے ملک میں بھاگ کر گئے ہیں۔ ان میں سے بہت سے ڈاکٹر کم یاک کو جانتے ہوں گے۔ اگر وہ نام بدل کر رہتا تو اس کو کوئی بھی پہچان کر بتا سکتا تھا کہ وہ غلط نام سے رہ رہا ہے اس کا مطلب ہے وہ کسی وجہ سے اپنی اصل شناخت چھپا رہا ہے"

"آپ کی یہ بات سمجھ میں آتی ہے۔ پھر بھی میں ان گواہوں سے ملنا چاہوں گا۔ میں ان سے اس کم یاک کا حلیہ پوچھنا چاہتا ہوں جس کے خلاف انہوں نے عدالت میں گواہی دی تھی اور پھر ان کو کم یاک کا فوٹو دکھاؤں گا"

اور اگر یہ ثابت ہو گیا کہ وہی کم یاک ہے" تاوان نے سوال کیا

"تو کیا آپ اس لڑکی سے شادی نہیں کریں گے"

زاہد نے سنجیدہ ہوتے ہوئے کہا — "ہاں پھر میں اس لڑکی سے شادی نہیں کروں گا"

"لیکن کیوں —" تاوان بولی "اگر اس کا باپ مجرم ہے تو لڑکی نے کیا قصور کیا ہے"

"میں ایک مجرم کو اپنا خسر نہیں بنا سکتا۔ میں نے جس ماحول میں پرورش پائی ہے اس میں کسی کو قتل کرنا تو بہت بڑی بات ہے کسی کو گالی دینا بھی جرم مانا جاتا ہے"

"تو آپ جان بوجھ کر کیوں اپنی شادی میں رکاوٹ ڈالتے ہیں اس کیس کو یہیں چھوڑ دیجیے"

" میرا ضمیر مطمئن نہیں ہے ۔ اگر آپ کسی طرح دونوں مجرموں کا پتہ چلا سکیں تو میں آپ کا احسان مند رہوں گا ۔"

" آل رائٹ مسٹر زاہد " فیوشی بولا " میں وعدہ تو نہیں کروں گا لیکن کوشش کروں گا ۔ پہلے تو مجھے وہ اخبار دیکھنا ہوگا جس میں وہ خبر چھپی تھی ۔ پھر اس عدالت کے بارے میں معلومات حاصل کروں گا ۔ اس کے بعد ان گواہوں کے بارے میں جاننے کی کوشش کروں گا — اس میں وقت لگ جائے گا ۔"

" کتنا وقت لگ جائے گا " زاہد نے سوال کیا ۔

" کم از کم تین چار دن ضرور لگ جائیں گے ۔"

" میں انتظار کر لوں گا ۔"

" لیکن آپ تو ہمارے دوسرے شہروں میں گھومنا چاہتے ہیں "

" میرے لئے یہ بات زیادہ اہم ہے ، کیوں کہ اس سوال سے میری زندگی کی خوشیاں جڑی ہوئی ہیں ۔"

بہت اچھا ، میں کوشش کروں گا لیکن یہ ذہن میں رکھئے کہ ممکن ہے میں بالکل ہی ناکام رہوں ۔ اور یہ بھی ممکن ہے کہ اب تک وہ دونوں گواہ مر چکے ہوں ۔"

" یہ میں سمجھتا ہوں ۔ بہر حال میں آپ کا شکر گذار ہوں کہ آپ نے اُمید تو دلائی ۔"

کھانا اور بعد کی چائے ختم ہو چکے تھے اس لئے وہ لوگ اُٹھ کھڑے ہوئے ۔

تین دن کے انتظار کے بعد ایک روز صبح کو زاہد کے ہوٹل کے کمرے میں فون کی گھنٹی بجی۔ اس نے رسیور اٹھایا تو تاوان کی آواز سنائی دی۔

"مسٹر زاہد ابھی ابھی مسٹر فیوشی کی سکریٹری نے مجھے فون کیا تھا۔ مسٹر فیوشی آپ سے ملنا چاہتے ہیں۔"

"کب"

"ابھی —"

"کیا وہ آرہے ہیں۔"

"نہیں آپ کو ان کے دفتر جانا ہوگا۔ اگر آپ تیار ہیں تو میں آپ کو لینے آؤں گی۔"

میں دس منٹ میں تیار ہو جاؤں گا مس تاوان۔ لیکن کیا تم کچھ اندازہ لگا سکتی ہو مسٹر فیوشی مجھ سے کیوں ملنا چاہتے ہیں۔"

ان گواہوں کے بارے میں شاید آپ کو کچھ بتانا چاہتے ہیں"

" او کے تھینک یو — دس منٹ بعد میں آپ کو ہوٹل لابی میں ملوں گا۔"

یہ کہہ کر زاہد نے فون رکھ دیا۔

چالیس منٹ بعد فیوشی کے دفتر میں تھے۔ فیوشی نے اٹھ کر ہاتھ ملایا۔ کرسی پر بٹھایا پھر بولا۔

"مسٹر زاہد کیا آپ ابھی تک ان گواہوں سے ملنا چاہتے ہیں۔"

"جی ہاں — کیا آپ کو ان کا پتہ چل گیا۔"

"بہت کوشش کے بعد آخر میں نے ان کا سُراغ لگا لیا ہے۔"

"پھر تو میں آپ کا احسان مند ہوں۔"

"لیکن افسوس آپ ان میں سے صرف ایک ہی گواہ سے مل سکیں گے جس کا نام وان چو ہے۔"

"کیا مائی لام گیا" زاہد نے سوال کیا۔

"نہیں مرا نہیں، وہ ابھی ایک ہفتہ پہلے پیکنگ کے نخشنل مینٹل ہسپتال سے ڈِس چارج ہوا ہے۔ اب وہ اس قابل نہیں کہ آپ کے کسی سوال کا جواب دے سکے۔"

"تو پھر میں دوسرے گواہ سے ہی بات کر لوں گا۔"

"تو آپ کو ایک گھنٹہ انتظار کرنا ہوگا۔ میں نے وان چو کو لانے کے لئے گاڑی بھیجی ہے۔ وہ یہاں سے چالیس میل دُور ایک قصبہ میں رہتا ہے"

"میں انتظار کر لوں گا۔"

فیوشی نے تاوان سے کہا" مس تاوان تم مسٹر زاہد کو دفتر کے کین ٹین میں لے جا کر چائے پلاؤ۔ ان کا گواہ آ گیا تو میں کین ٹین میں ہی فون کر دوں گا۔"

"بہت اچھا، مسٹر فیوشی۔"

یہ کہہ کر تاوان زاہد کو لے کر کین ٹین میں آ گئی۔

کین ٹین میں چائے منگا کر تاوان بولی" میں آپ سے بہت ناراض ہوں مسٹر زاہد۔"

"میں نے کیا قصور کیا ہے۔"

"آپ ایک معصوم لڑکی کے مستقبل سے کھیل رہے ہیں۔ آپ لڑکی سے محبت کرتے ہیں۔ آپ کو یہ چھان بین نہیں کرنی چاہئے تھی اگر اس کا باپ مجرم بھی ہے تو لڑکی کا کیا قصور ہے"۔

وہ تو ٹھیک ہے۔ لیکن جب تک میرا ضمیر مطمئن نہیں ہو جائے گا مجھے سکون نہیں ملے گا۔ ویسے یہ میں آپ کو بتا دوں ڈاکٹر کم یاک مجرم بھی ثابت ہو گیا تو بھی شاید میں لڑکی سے شادی کر لوں گا۔ میں اپنے آپ کو دیکھوں گا۔ اگر میں اس کے بغیر رہ سکا تو شادی نہیں کروں گا۔ لیکن اگر اس کی محبت نے مجھے چین سے نہ رہنے دیا تو مجبوراً اس سے شادی کر لوں گا"۔

"آپ خود غرض ہیں"۔

"سوری۔ تم جانتی ہو ہر آدمی اپنی فطرت سے مجبور ہوتا ہے"۔

"کیا وہ لڑکی بہت خوب صورت ہے"۔

"خوب صورتی اپنے طور پر کوئی چیز نہیں ہوتی۔ صرف پسند کی بات ہوتی ہے۔ ہر آدمی کا خوب صورتی کے بارے میں نظریہ مختلف ہوتا ہے"

ناوان کے بولنے سے پہلے کین ٹین کے منیجر نے پکار کر چینی زبان میں کچھ کہا۔ ناوان جلدی سے اٹھتے ہوئے بولی۔

"میرا فون ہے۔ شاید مسٹر فیوشی بلا رہے ہوں"۔

یہ کہہ کر وہ فون سننے چلی گئی۔

۷

فون سُن کر تاوان نے واپس آکر کہا۔
”چلئے مسٹر فیوسٹی بلا رہے ہیں، آپ کا گواہ آگیا ہے“
زاہد اُٹھ کھڑا ہوا دونوں فیوسٹی کے دفتر میں پہنچے۔ دفتر میں فیوسٹی کے علاوہ پچپن، ساٹھ سال کا ایک شخص اور بیٹھا تھا اپنے لباس سے وہ دیہاتی معلوم ہوتا تھا۔ فیوسٹی نے ان کا تعارف کراتے ہوئے کہا مسٹر زاہد یہ وان چو ہیں۔ وہ گواہ جنہوں نے فوجی عدالت میں ڈاکٹر کم یاک کے خلاف گواہی دی تھی۔ پھر اس نے وان چو سے کہا ” یہ مسٹر زاہد ہیں۔ ہندوستانی جرنلسٹ۔ یہ تم سے ڈاکٹر کم یاک کے بارے میں کچھ پوچھنا چاہتے ہیں۔“

وان چو سے فیوسٹی نے چینی زبان میں بات کی تھی جو کچھ کچھ زاہد کی سمجھ میں آگئی تھی ویسے تاوان ترجمہ کر رہی تھی۔ وان چو نے زاہد کی طرف دیکھ کر سر کو ذرا جھکا کر کہا۔

"پوچھیے کیا پوچھنا چاہتے ہیں آپ"
زاہد نے اس کے چہرے پر نظریں جمائے ہوئے پہلا سوال کیا۔
دس سال پہلے ایک شخص کم یاک پر یہاں کی فوجی عدالت میں مقدمہ چلا تھا۔ تم نے کم یاک کے خلاف گواہی دی تھی"
"ہاں" وان چو نے سر ہلایا۔
"اس سے بھی دس سال پہلے جب کم یاک قیدیوں کے کیمپ سے فرار ہوا تھا اس وقت تم کہاں تھے"
"کیمپ میں"
"کیمپ میں تم کیا تھے"
"پہرے دار"
"وہاں کتنے پہرے دار مارے گئے تھے"
"دو—"
"ان کو کس نے قتل کیا تھا"
"کم یاک نے"
"کیا تمہیں یقین ہے قاتل کم یاک ہی تھا"
"ہاں"
"مقدمہ دس سال بعد چلا ہے" زاہد نے کہا "یہ بھی تو ہو سکتا ہے۔ تمہیں نام میں کوئی غلطی ہو گئی ہو۔ یہاں فم یاک یا کم یاک طرح کے بہت نام ہوتے ہیں"
"مجھے یاد ہے اس کا نام کم یاک تھا"
وان چو نے کہا۔

"کیا وہ شخص کسان تھا یا پڑھا لکھا تھا"
وان چو نے کچھ سوچ کر کہا " یہ اب مجھے یاد نہیں رہا۔ اس بات کو بیس سال ہو چکے ہیں"
" اسی لئے تو میں کہہ رہا ہوں ہو سکتا ہے دس سال میں تم اس کا نام بھول گئے ہو" زاہد بولا
"نہیں نام مجھے ٹھیک یاد ہے"
" تو اس کا حلیہ بھی یاد ہو گا"
"کچھ کچھ"
" تو بتاؤ اس کا حلیہ کیا تھا"
وان چو کچھ دیر سوچتا رہا، پھر بولا" وہ بھاری بھرکم جسم کا نوجوان شخص تھا۔ رنگ تانبے جیسا تھا۔ بس اتنا ہی یاد آتا ہے"
" اس حلیئے کے تو ہزاروں آدمی ہوں گے" زاہد بولا۔
" افسوس مجھے اور کچھ یاد نہیں۔ بہر حال بیس سال گذر چکے ہیں"
" اس کے جسم یا چہرے پر کوئی ایسی نشانی تھی جس سے اس کو شناخت کیا جا سکے"
" مجھے یاد نہیں"
" وہ کیمپ سے فرار کیسے ہوا تھا"
" دو سپاہیوں کو قتل کر کے"
" اس کے پاس ہتھیار کہاں سے آئے تھے"
" یہ مجھے معلوم نہیں"
" کیا وہ اکیلا فرار ہوا تھا"

" نہیں اس کے ساتھ دس قیدی اور بھاگے تھے "
" کیا یہ ان سب قیدیوں کی سازش تھی "
" مجھے یاد نہیں "
" وہ لوگ کس وقت فرار ہوئے تھے "
" رات کا وقت تھا۔ میں کیمپ کے سامنے پہرہ دے رہا تھا، اچانک میں نے دو گولیاں چلنے کی آوازیں سنیں، میں دوڑ کر کیمپ کے پچھلی طرف گیا تو میں نے دیکھا میرے دو ساتھی خون میں لہو لہان پڑے تھے اور کیمپ کی دیوار میں سوراخ تھا۔ اس کے ساتھ ہی کیمپ کے چاروں طرف کانٹے دار تاروں کی جو باڑھ تھی وہ بھی کٹی پڑی تھی "
" تمہارا مطلب ہے تمہارے پہنچنے سے پہلے بھاگنے والے بھاگ چکے تھے " زاہد نے پوچھا۔
" ہاں ۔ ۔ "
" پھر تمہیں یہ کیسے معلوم ہوا کہ سپاہیوں کو کم یاک نے ہی قتل کیا ہے "
" صبح تک ہم نے آٹھ قیدی پکڑ لئے تھے "
" ان میں کم یاک نہیں تھا "
" نہیں ۔ "
" ان قیدیوں نے بتایا کہ سپاہیوں کو کم یاک نے قتل کیا ہے "
" ہاں ۔ "
" ہو سکتا ہے وہ جھوٹ بول رہے ہوں "
" ان میں کسی کے پاس ہتھیار نہیں تھا " وان چہ بولا۔

"ہوسکتا ہے بھاگنے پر انہوں نے ہتھیار پھینک دیئے ہوں۔"

"مجھے معلوم نہیں۔ اس وقت ہمارے کیپٹن نے بھاگنے والوں سے پوچھ گچھ کر کے یہی فیصلہ کیا تھا کہ کم یاک ہی قاتل تھا۔"

"اس کیمپ میں کل کتنے قیدی رہتے تھے۔"

"اب مجھے یاد نہیں۔"

"کیا تم لوگوں نے بھاگتے ہوئے قیدیوں پر گولیاں چلائی تھیں"

"نہیں۔"

"بھاگے ہوئے لوگوں میں کوئی زخمی ہوا تھا۔"

"مجھے یاد نہیں۔"

"اگر تمہیں کم یاک کی تصویر دکھائی جائے تو کیا تم پہچان لوگے" زاہد نے سوال کیا۔

"ہاں اس کا دھندلا سا عکس میرے ذہن میں ہے۔"

زاہد اپنے ساتھ ڈاکٹر کم یاک کی تصویر لایا تھا لیکن یہ تصویر تازہ تھی اس نے جیب سے نکال کر وان چو کو دی۔ وان چو کچھ دیر دیکھتا رہا، پھر بولا۔

"میں یقین سے نہیں کہہ سکتا۔ نقوش ضرور ملتے ہیں لیکن بیس سال ہو چکے ہیں اور بیس سال میں آدمی میں فرق آجاتا ہے۔"

"پھر بھی کچھ تو مشابہت باقی رہتی ہے۔"

"مشابہت تو ہے۔ مگر یہ شخص بوڑھا ہے۔ وہ جوان تھا۔"

"تمہارے خیال میں یہ ممکن ہے کہ یہ وہ نوجوان نہ ہو جو تمہارے کیمپ سے فرار ہوا تھا۔"

" ہاں یہ بھی ممکن ہے اور یہ بھی ممکن ہے کہ یہی ہو "

زاہد نے بے بسی سے فیوشی کی طرف دیکھ کر کہا: " آل رائٹ مسٹر فیوشی، میرے سوال ختم ہو گئے "

" کیا آپ مطمئن ہیں " فیوشی نے مسکرا کر سوال کیا۔

" تقریباً مجھے یقین ہو گیا۔ ڈاکٹر کم یاک وہ آدمی نہیں ہو سکتا "

" پھر تو مجھے خوشی ہے " فیوشی نے کہا " اس طرح آپ اس لڑکی سے شادی کر سکیں گے "

" جی ہاں ـــ بہر حال میں آپ کا شکر گذار ہوں "

" اس کی ضرورت نہیں ۔ آپ ہمارے مہمان ہیں ، آپ کی خواہشوں کا احترام کرنا ہمارا فرض ہے "

یہ کہہ کر اس نے گھنٹی بجائی ، ایک سپاہی اندر داخل ہوا، فیوشی اس سے کچھ دیر اپنی زبان میں باتیں کرتا رہا، پھر وان چو اس سپاہی کے ساتھ اٹھ کر چلا گیا۔

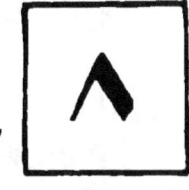

۸

وان چو سے سوالات کرنے کے بعد زاہد کا تجسس اور بڑھ گیا تھا۔ اس کے ذہن میں کئی سوال اُٹھے تھے "ڈاکٹر کم یاک اگر واقعی چینی سپاہیوں کو قتل کرنے کا مجرم تھا تو دس سال بعد ہی اس پر مقدمہ کیوں چلایا گیا۔"

اور واقعی ڈاگا کا یہ سوال بھی غور طلب تھا کہ مقدمے کی کارروائی صرف انگریزی میں چھپنے والے اخبار میں ہی کیوں چھاپی گئی؟ ہو سکتا ہے وہ کارروائی چینی زبان کے اخباروں میں بھی چھاپی گئی ہو۔ لیکن کسی مجرم پر غائبانہ مقدمہ چلا کر اس کی خبر چھاپنے کی ضرورت ہی کیا تھی ___

کیا وجہ صرف یہ تھی کہ ہندوستان، ڈاکٹر کم یاک کو مجرم سمجھ کر اپنے ملک سے نکال دے؟ اگر یہ بات تھی تو چینی حکومت نے اس بات کو آگے کیوں نہیں بڑھایا، خاموش ہو کر کیوں بیٹھ گئے۔

دوسری بات اس گواہ وان چو کی تھی۔ وان چو کو یہ تو یقین تھا کہ بیس سال پہلے فرار ہونے والے مجرم کا نام کم یاک تھا لیکن اس کا حلیہ یاد نہیں تھا۔ وہ تصویر دیکھ کر بھی یقین سے نہیں کہہ سکتا کہ یہی وہ شخص تھا یا نہیں۔

اس وقت تک کی تمام کوششوں کے بعد زاہد نے دو نتیجے نکالے "یا تو مقدمہ ڈاکٹر کم یاک پر نہیں چلایا گیا بلکہ ناموں کا مغالطہ ہوا ہے یا پھر چینی حکومت نے کسی خاص مقصد کے تحت وہ مقدمہ چلایا تھا لیکن بعد میں کسی وجہ سے اس کو نظر انداز کر دیا۔"

یہ نتیجہ نکالنے کے بعد زاہد نے خود سے سوال کیا "پھر اب مجھے کیا کرنا چاہیئے۔"

رات کو بستر پر لیٹ کر دیر تک سوچتے ہوئے اچانک اس کے ذہن میں ایک خیال آیا ابھی دوسرا گواہ باقی ہے، مائی لا۔ جس کے بارے میں فیوشی نے بتایا ہے کہ وہ ابھی کسی ہسپتال سے ڈس چارج ہوا ہے۔ شاید نیشنل ہسپتال اس نے بتایا تھا۔ اگر مائی لا زندہ ہے تو اسے بھی اس حادثے کے بارے میں کچھ نہ کچھ ضرور معلوم ہوگا۔ مجھے بیکنگ چل کر مائی لا کو تلاش کرنا چاہیئے۔"

لیکن مشکل یہ تھی وہ بیکنگ کیسے جا سکتا ہے۔ اس نے تو سنکیانگ کے صوبے میں گھومنے کا پروگرام فیوشی کو دے دیا تھا۔

اسی رات وہ بہت دیر تک اسی بارے میں سوچتا ہوا سو گیا، صبح کو قسمت نے اس کا ساتھ دیا اور اس کو بیکنگ جانے کا موقع مل گیا۔

ناشتے کے بعد تاداں اس کمرے میں آئی اور بولی۔
"مسٹر فیوشی کا فون آیا تھا۔"
" مجھے بلایا ہے ۔"
" نہیں انہوں نے کہا ہے سنکیانگ میں آپ کے ٹور کا پروگرام بنایا جارہا ہے اس کے لئے آپ کو ایک ہفتہ انتظار کرنا پڑے گا۔"
" ایک ہفتہ " زاہد بولا " ایک ہفتہ میں یہاں کیا کروں گا۔"
" آپ کہیں تو میں آپ کو آس پاس کے علاقوں میں گھما لاؤں گی"
اچانک زاہد کو خیال آیا، میں ایک ہفتہ پیکنگ میں گذار سکتا ہوں" اس نے بلند آواز سے کہا۔
" ہاں مجھے یاد آیا۔ پیکنگ میں ہمارے سفارت خانے میں میرا ایک دوست رہتا ہے۔ اگر تم اجازت دو تو میں ایک ہفتہ کے لئے پیکنگ ہو آؤں ۔"
" اس میں اجازت کی کیا بات ہے" تاداں نے ہنس کر کہا" اگر آپ پیکنگ جانا چاہتے ہیں تو اس کا انتظام کر دیا جائے گا میں ابھی مسٹر مسٹر فیوشی کو فون کر کے بتا دیتی ہوں کہ آپ ایک ہفتہ پیکنگ میں گھومنا چاہتے ہیں ۔"
" یہ کہہ کر تاداں چلی گئی ۔"
اسی رات اس اس کو پیکنگ جانے کے لئے ضروری کاغذات اور ہوائی جہاز کا ٹکٹ مل گیا۔ اس نے وہیں سے سفارت خانے کو فون کر کے پرنس آناچی کو بتایا کہ وہ کس فلائیٹ سے پیکنگ پہنچ رہا ہے —

سفارت خانے کے بہت سے لوگ اس کو جانتے تھے پریس اٹاچی مسٹر پرمود خود اس کو لینے ایر پورٹ آیا تھا۔ پرمود بظاہر پریس اٹاچی تھا لیکن اس کا تعلق محکمہ انٹیلی جنس سے تھا۔

سفیر اور دوسرے لوگوں سے ملنے کے بعد جب وہ اور پرمود اکیلے بیٹھے تو پرمود نے کہا۔

" مجھے توقع نہیں تھی کہ آپ پیکنگ آئیں گے۔ جنرل نے جو پیغام بھیجا تھا اس کے مطابق آپ کو سنکیانگ میں گھومنے جانا تھا۔

پروگرام اب بھی یہی ہے" زاہد نے جواب دیا" لیکن سنکیانگ میں گھمانے کا پروگرام بننے میں ایک ہفتہ کی دیر تھی۔ اس لئے میں یہاں آگیا۔ کیا آپ کو کچھ معلوم ہے کہ چینی حکومت کس پروجیکٹ پر کام کر رہی ہے اور وہ پروجیکٹ سنکیانگ میں کس جگہ ہو سکتا ہے "۔

" یہ تو معلوم نہیں کہ کس جگہ ہے۔ لیکن سننے میں آیا ہے کہ اس پروجیکٹ پر وائرس اور جراثیم پر ریسرچ ہو رہی ہے "۔

" جراثیمی بم تیار کرنے کے لئے "۔

زاہد نے ہنس کر کہا " سائنس کی جتنی تحقیقات ہوتی ہیں۔ شروع میں وہ انسانی بھلائی کے لئے ہی ہوتی ہیں بعد میں سیاست داں اس تحقیق یا دریافت کو جنگی ہتھیاروں میں تبدیل کر دیتے ہیں بہرحال پیکنگ آنے سے میرا مقصد ایک اور کام بھی ہے "۔

" کیا کام ہے "۔

زاہد نے پرمود کو ڈاگما اور مون شائی کی ملاقات پھر اس کے باپ پر مقدمہ چلنے کی بات تفصیل سے سنائی۔ آخر میں اس نے کہا۔

بظاہر اس واقعہ کا ہم سے کوئی تعلق نہیں۔ ڈاکٹر کم یاک اب ہندوستانی شہری بن چکا ہے۔ بیس سال سے دہلی میں رہ رہا ہے اس کے باوجود کچھ سوال ذہن میں ضرور اٹھتے ہیں۔ محض اپنا تجسس دور کرنے کے لئے میں اس دوسرے گواہ سے ملنا چاہتا ہوں اسی لئے پیکنگ آیا ہوں ——"

"کیا آپ کو اس گواہ کا پتہ معلوم ہے ؟"

"نہیں صرف نام معلوم ہے۔"

"تو صرف نام سے آپ اس کو کیسے تلاش کر سکتے ہیں ؟"

"ایک ترکیب ہے۔"

"کیا ——"

فیوسٹی نے کہا تھا کہ مائی لا حال ہی میں نیشنل ہسپتال سے ڈسچارج ہوا ہے اس کی باتوں سے پتہ چلتا تھا کہ وہ دماغی مریض تھا۔ اگر وہ ہسپتال میں زیرِ علاج رہ چکا ہے تو اس کا پتہ ہسپتال میں ضرور ہوگا"

"لیکن ہم ہسپتال والوں سے کیا کہہ کر اس کا پتہ پوچھ سکتے ہیں؟"

"ہسپتال کا کوئی ڈاکٹر تمہارا دوست نہیں؟"

"دو ایک ڈاکٹروں سے ملاقات ضرور ہے، دوست کوئی نہیں۔"

"پھر کیا کریں" زاہد نے سوچتے ہوئے کہا۔ اچانک ایک ترکیب اس کے ذہن میں آ گئی۔ اس نے چٹکی بجاتے ہوئے کہا" ایک تجویز ذہن میں آئی ہے۔"

"کیا ——"

"کیا ہمارے سفارت خانے میں کوئی شخص ایسا شخص ہے جو چینی

زبان روانی سے بول سکتا ہو۔"

"ہاں ــــ ویزا آفیسر چینی زبان بالکل چینیوں کی طرح بولتا ہے۔"

"تو ہم اس سے کام لے سکتے ہیں۔ زاہد نے کہا" وہ سفارت سے فون کرکے یہ کہہ سکتا ہے کہ وہ ڈاکٹر فلاں بول رہا ہے اس۔ کے لئے وہ کوئی بھی چینی نام لے سکتا ہے۔ اس کے بعد وہ پوچھ سکتا ہے کہ اس کا ایک پرانا مریض مائی لا ہسپتال میں داخل تھا۔ وہ اس کے بارے میں جاننا چاہتا ہے۔ ظاہر ہے ہسپتال والے کہیں گے کہ وہ ڈسچارج کردیا گیا ہے تو ہمارا آدمی سوال کرسکتا ہے کہ اس کا پتہ کیا ہے۔ چونکہ فون ایک ڈاکٹر کی طرف سے ہوگا۔ اس لئے وہ بتادیں گے۔"

پرمود نے کچھ سوچ کر" تجویز مناسب ہے۔ میں اس میں ذرا سی ترمیم کرنا چاہوں گا۔"

"کیا ـــ"

" ویزا آفیسر کا نام پرویز ہے۔ میں پرویز سے کہوں گا کہ وہ یہاں کی خفیہ پولیس کے افسر کی حیثیت سے فون کرکے مائی لا کا پتہ دریافت کرے۔ خفیہ پولیس سے یہاں کے سب لوگ گھبراتے ہیں اس لئے وہ بغیر کوئی سوال پوچھے پتہ بتادیں گے۔"

"یہ بھی ٹھیک ہے۔ میں تو صرف مائی لا کا پتہ چاہتا ہوں۔"

"آئیے تو ہم ابھی کوشش کرتے ہیں۔"

زاہد پرمود کے ساتھ اٹھ کر چل دیا۔

۹

کوشش کامیاب رہی۔ پرویز نے خفیہ پولیس کے آفیسر کی ایکٹنگ کر کے ہسپتال والوں کو پتہ بتانے پر مجبور کر دیا۔ پتہ چلا مائی لا۔ بیکنگ کے پرانے شہر میں رہتا ہے۔ زاہد کے سمجھانے پر مائی لا کے بارے میں یہ بھی پوچھ لیا کہ مائی لا کس طرح کا مریض ہے۔ ہسپتال والوں نے بتایا کہ وہ الکوہلزم کا شکار تھا۔ یعنی شراب کے بغیر وہ زندہ نہیں رہ سکتا تھا۔ دوسرے دن شام کو زاہد نے اپنے کمرے میں بیٹھ کر اپنا ہلکا سا میک اپ کیا آنکھوں کے لئے خاص طور پر وہ پلاسٹک کے دو خول سے لایا تھا جن کو آنکھوں پر لگانے کے بعد اور ذرا سا رنگ لگانے کے بعد آنکھیں ہلکی سی ترچھی نظر آنے لگتی تھیں یعنی چہرے پر چینی ہونے کا شبہ کیا جا سکتا تھا۔

پرمود کے ذریعے اس نے ایک عام شہری کا لباس حاصل کیا

شراب کی دو بوتلیں دونوں جیبوں میں ٹھونسیں اور پرویز کو ساتھ لے کر وہ مائی لا سے ملنے چل دیا۔ پرویز کو ساتھ لے جانے کی تجویز پرمود کی ہی تھی تاکہ وہ مترجم کے بطور کام کر سکے۔ بس سے وہ دونوں پیکنگ کے پرانے شہر میں پہنچے۔ زاہد بورڈوں پر لکھی ہوئی چینی زبان پڑھ لیتا تھا۔ پرویز پرانے شہر میں کئی بار آچکا تھا اس لئے مائی لا کو تلاش کرنے میں زیادہ پریشانی نہیں ہوئی۔ تھوڑی سی تلاش کے بعد ہی انہیں وہ بلڈنگ مل گئی جس میں مائی لا رہتا تھا۔ زاہد نے گھنٹی بجائی ایک موٹی سی چینی عورت نے دروازہ کھولا اور اپنی زبان میں پوچھا — "کیا بات ہے؟"

پرویز نے چینی زبان میں کہا "ہم لوگ مائی لا سے ملنے آئے ہیں۔"

عورت نے دروازہ پوری طرح کھولتے ہوئے کہا۔

"اوپر چلے جاؤ — پہلی منزل میں کمرہ نمبر ۵"

وہ دونوں اوپر آئے۔ پرویز نے دروازے پر دستک دی۔ فوراً ہی اندر سے پہلے کسی کے کھانسنے کی آواز سنائی دی۔ پھر ایک بھاری آواز نے پوچھا۔

"کون ہے؟"

"مسٹر مائی لا" پرویز نے چینی زبان میں ہی جواب دیا "پلیز دروازہ کھولئے، ہم آپ کے دوست ہیں۔"

پھر کھانسی کی آواز سنائی دی۔ قدموں کی چاپ آئی — اور دروازہ کھلا۔

ان کے سامنے ایک ہڈیوں کا ڈھانچہ کھڑا تھا جس کی عمر

ساٹھ کے لگ بھگ ہوگی ۔ دونوں کو غور سے دیکھ کر بولا ۔

" کون ہو تم — میں تمہیں نہیں جانتا "

مائی لا بولا تو زاہد کو اس کے موہنہ سے شراب کی بُو کا بھبکا نکلتا محسوس ہوا اس نے سوچا ۔

" اس کا مطلب ہے ہسپتال والے مائی لا کے الکوہلزم کا علاج نہیں کر سکے ۔ پرویز نے اس کے جواب میں مسکرا کر کہا ۔

" مسٹر مائی لا — میرے دوست لاسہ سے آئے ہیں ۔ تبت کے ایک اخبار کے نمائندے ہیں یہ تم سے کچھ پوچھنا چاہتے ہیں "

اس بار مائی لا نے زاہد کو گھور کر دیکھا اور اپنی زبان میں ہی بولا — " کیا پوچھنا چاہتے ہو "

پرویز نے انگریزی میں زاہد کو بتایا کہ وہ کیا کہہ رہا ہے ، پھر مائی لا سے کہا ۔

" میرے دوست چینی نہیں جانتے ، تبتی جانتے ہیں ۔ جب انقلاب آیا تو تم بھی اس انقلاب میں شامل تھے "

مائی لا نے دونوں کو مشکوک نظروں سے دیکھتے ہوئے کہا ۔

" کیا ثبوت ہے کہ تم لوگ جرنلسٹ ہو "

زاہد نے جیب سے شراب کی ایک بوتل نکال کر مائی لا کو دکھاتے ہوئے کہا ۔

" کیا یہ بہتر نہ ہوگا کہ ہم بیٹھ کر بات کریں "

پرویز نے اس کی بات کا ترجمہ کر دیا ۔ شراب کی بوتل دیکھ کر مائی لا کی آنکھوں میں چمک پیدا ہو گئی ۔ اس نے پیچھے ہٹتے ہوئے کہا ۔

"اچھا تم لوگ اندر آجاؤ۔"

اندر ایک بستر تھا — لکڑی کی دو تپائیاں تھیں۔ ایک چھوٹی سی میز تھی۔ وہ لوگ اندر داخل ہو کر تپائیوں پر بیٹھ گئے تو مائی لا گلاسوں کی بجائے چائے کے تین مگ لے آیا۔ زاہد نے بوتل اس کو دے دی۔ اس نے پیاسوں کی طرح بے صبری سے گلاسوں میں شراب انڈیلی اور اپنا مگ اٹھاتے ہوئے اپنی زبان میں کہا "نئے دوستوں کی صحت کے لئے"۔ اور ایک سانس میں ہی کپ خالی کر کے دوسرا کپ بھرنے لگا۔ زاہد اور پرویز اپنا اپنا کپ ہاتھ میں لئے بیٹھے رہے۔ پرویز بولا۔

"اب ہم دوست ہو گئے ہیں تو ہمیں پینے کے ساتھ ساتھ بات چیت بھی جاری رکھنی چاہئے —"

"ہاں — بولو کیا پوچھنا چاہتے ہو"۔ مائی لا بولا۔

اس طرح پرویز کی معرفت گفتگو شروع ہوئی۔ زاہد نے پوچھا بیس سال پہلے تم تبت میں قیدیوں کے ایک کیمپ میں پہرے دار تھے"

"ہاں —" مائی لا نے جواب دیا۔

"دس سال پہلے یہاں کی فوجی عدالت میں ایک شخص کم یاک پر مقدمہ چلا تھا کہ اس نے دو چینی فوجیوں کو گولی ماردی تھی اور کیمپ سے فرار ہو گیا تھا"۔

"ہاں —" مائی لا نے سر ہلا دیا۔

"کیا تمہیں یقین ہے اس شخص کا نام کم یاک ہی تھا"۔

مائی لا نے شراب کا گھونٹ بھر کر آستین سے ہونٹ صاف کرتے ہوئے کہا۔

"میں اس سور کم یاک کو اچھی طرح جانتا ہوں۔ وہ لنگڑا کیمپ میں قیدیوں کو بھڑکاتا رہتا تھا۔"

"لنگڑا —" زاہد نے حیرت سے کہا "کیا وہ لنگڑا تھا۔"

"بہت زیادہ نہیں، تھوڑا سا تھا۔ کہتا تھا شکار میں کسی کی گولی اس کی ٹانگ میں لگ گئی تھی۔ زخم ٹھیک ہو گیا تھا مگر وہ کبھی کبھی لنگڑانے لگتا تھا۔ میں نے زخم کا نشان دیکھا تھا۔ جہاں اس کے گولی لگی تھی۔"

یہ کہہ کر مائی لا نے اپنی ٹانگ کھول کر عین اس جگہ انگلی رکھی تھی جہاں کم یاک نے اپنی ٹانگ کا زخم دکھایا تھا۔

"تو وہ سپاہیوں کو قتل کر کے بھاگا تھا۔"

"مجھے اس دن بخار تھا۔ میں نے یہی سنا تھا کہ وہ سپاہیوں کو مار کر بھاگا ہے۔"

"تمہارے سامنے اس نے کسی کو گولی نہیں ماری تھی۔"

"نہیں۔"

"پھر تم نے اس کے خلاف گواہی کیوں دی تھی۔"

"مجھ سے عدالت نے صرف یہ پوچھا تھا کہ کم یاک اس کیمپ میں تھا یا نہیں اور اس روز کے بعد وہ غائب ہو گیا تھا۔"

"کیا تمہیں یاد ہے اس کا حلیہ کیا تھا۔"

مائی لا نے پھر شراب کا گھونٹ بھرتے ہوئے کہا "بیس سال ہو چکے ہیں۔ بس اتنا یاد ہے کہ اس کا ماتھا بہت چوڑا تھا۔"

ڈاکٹر کم یاک کا ماتھا واقعی چوڑا تھا۔ زاہد نے جیب سے کم لاک

کی تصویر نکال کر مائی لا کو دکھاتے ہوئے کہا۔

"کیا تم اس تصویر کو پہچان سکتے ہو؟"

مائی لا نے تصویر دیکھی، کچھ دیر دیکھتا رہا ـــــ پھر سر ہلاتے ہوئے بولا۔

"وہی ہے ـــ بالکل وہی ـ اب سور بوڑھا ہو گیا ہے"

"کیا تمہاری اس سے کوئی ذاتی دشمنی بھی تھی"

"وہ بہت کائیاں تھا ـــــ ایک بار میں ڈیوٹی پر سو گیا تھا اس نے میرے افسر سے شکایت کر دی تھی"

"وہ کیمپ میں کتنے دن رہا تھا"

"مجھے یاد نہیں، میں دو مہینے رہا تھا"

"وہ تمہارے سامنے کیمپ میں آیا تھا"

"نہیں پہلے سے تھا ـ پھر جب وہ بھاگ گیا تو میرا تبادلہ ہو گیا تھا ــــ"

ناہد نے پرویز سے اردو میں کہا ـــ "یس پرویز جو کچھ مجھے پوچھنا تھا، پوچھ لیا، اب ہم واپس چل سکتے ہیں"

پرویز نے مائی لا کا شکریہ ادا کیا اور جانے کی اجازت مانگی مائی لا گھبرا کر بولا۔

"کیا تم بوتل لے جاؤ گے"

"نہیں شراب تم رکھو" پرویز نے ہنس کر جواب دیا" مائی لا بڑبڑا کر ان کا شکریہ ادا کرنے لگا اور وہ دونوں واپس چل دیئے۔

۱۰

مائی لا سے گفتگو کرنے کے بعد زاہد کو یقین ہو گیا کہ معاملہ کچھ گڑبڑ ہے۔ وان چو سے بات کر کے وہ تذبذب میں تھا۔ وہ یقین سے نہیں کہہ سکتا تھا کہ واقعی کم یاک وہی شخص تھا یا مقدمے میں ناموں کی غلطی ہوئی تھی لیکن مائی لا سے گفتگو کرنے کے بعد اسے یقین ہو گیا تھا کہ بات ڈاکٹر کم یاک کی ہی تھی۔

اور اس یقین نے اس کے اندر شک اور تجسس کی ایک کھڑکی اور کھول دی تھی۔ ڈاکٹر کم یاک نے کہا تھا کہ گولی اس کی ٹانگ میں اس وقت لگی تھی جب وہ کیمپ سے فرار ہوا تھا اور اس زخم کی وجہ سے وہ مہینہ بھر موت اور زندگی کے درمیان لٹکا رہا تھا جب کہ مائی لا نے بتایا تھا کہ گولی کا زخم پہلے سے اس کی ٹانگ میں تھا اور اس نے مائی لا کو بتایا تھا کہ یہ گولی اس کی ٹانگ میں کسی شکاری کی بندوق سے لگی ہے۔

مائی لاکو جھوٹ بولنے کی ضرورت نہیں تھی ۔ پھر اگر کم یاک سچا تھا یعنی گولی اس کی ٹانگ میں کیمپ سے فرار ہونے پر لگی تھی تو مائی لاکو اس کے لنگڑانے کا کیسے معلوم ہو سکتا تھا ۔ اس کا مطلب تھا مائی لا سچا تھا ۔ ڈاکٹر کم یاک نے اس سے جھوٹ بولا تھا ۔ اب سوال یہ تھا کہ ڈاکٹر کم یاک کو جھوٹ بولنے کی کیا ضرورت تھی ۔

کیا واقعی وہ دو چینی سپاہیوں کو قتل کر کے بھاگا تھا اور یہ راز چھپانے کے لئے اس نے جھوٹ بولا تھا ۔

لیکن سوال یہ تھا کہ اگر دو دشمن سپاہیوں کو ہلاک بھی کیا تھا تو اسے جھوٹ بولنے کی کیا ضرورت تھی ۔ اس نے ہندوستان کے خلاف تو کوئی جرم نہیں کیا تھا ۔ کسی ہندوستانی سپاہی کو تو نہیں مارا تھا ۔۔۔ پھر مائی لا کی وہ بات بھی زاہد کے ذہن میں کھٹک رہی تھی ۔ مائی لا نے بتایا تھا کہ ایک روز وہ ڈیوٹی پر سو گیا تھا تو کم یاک نے اس کے افسر سے شکایت کر دی تھی ۔ کم یاک کیمپ میں قیدی تھا ۔ اگر دشمن سپاہی سو گیا تھا تو اس کو شکایت کرنے کی کیا ضرورت تھی ۔

اگر یہ بات بھی سچ تھی تو صاف ظاہر تھا ۔ جھوٹ ڈاکٹر کم یاک بول رہا تھا اور وہ جھوٹ کیوں بول رہا تھا ۔۔۔ یہ بات کم یاک ہی بتا سکتا تھا ۔

اس روز رات کو دیر تک وہ اس بارے میں سوچتا رہا لیکن اس کی سمجھ میں کچھ نہ آیا ۔ صبح کو ناشتے پر اس نے پرمود سے کہا ۔

"کیا یہاں ٹرانسمیٹر ہے ؟"

"ہاں ہے ۔"

"میں ایک پیغام بھیجنا چاہتا ہوں۔"
"کوڈ پیغام ہے۔"
"ہاں۔"
"پیغام کس کو بھیجنا چاہتے ہو۔"
"اپنے اسسٹنٹ کیپٹن جاوید کو۔"
"پیغام تیار کر لیا"
"ایک گھنٹے میں کر لوں گا۔"
"تو تم پیغام تیار کر لو۔ میں تمہیں ٹرانسمیٹر روم میں لے چلوں گا۔"
ناشتے کے بعد زاہد پیغام کو "کوڈ" لفظوں میں تبدیل کرنے بیٹھ گیا یہ کوڈ صرف زاہد، جاوید اور سیما اور ڈاگا ہی جانتے تھے۔ ایک طرح سے یہ ان کا پرائیویٹ کوڈ تھا۔ ایک گھنٹے کی محنت سے اس نے پیغام تیار کر لیا۔ اس کے بعد پرمود اس کو ریڈیو روم میں چھوڑ کر چلا گیا۔

زاہد نے اپنے محکمہ کے ٹرانسمیٹر کی فریکوینسی ملائی اور ریڈیو آپریٹر سے کہا۔

"میرا یہ پیغام فوراً کیپٹن جاوید کو پہنچا دیا جائے۔"
"آل رائٹ کرنل۔ کیا پیغام میں فون پر دے دوں۔ آپریٹر نے سوال کیا۔
"ہاں فون پر ہی پیغام اس کو لکھوا دینا۔"
"کیا جواب کی ضرورت ہے۔"
"فوری طور پر نہیں۔ البتہ شاید کل یا پرسوں جاوید کوئی پیغام دے گا وہ تم یہاں کے سفارت خانے کو بھیج دینا۔ میں یہیں رہ کر

انتظار کروں گا۔"

یہ ہدایت دے کر زاہد اس کو پیغام دینے لگا۔

آفس کے ریڈیو آپریٹر سے پیغام پاکر جاوید اس کو عام زبان میں تبدیل کرنے لگا۔ اس کو بھی ایک گھنٹہ محنت کرنی پڑی ——— پیغام تھا —

"ڈاکٹر کم یاک کے بارے میں جو بھی حالات معلوم ہو سکیں معلوم کر کے بھیجو۔ خاص طور پر آج کل کم یاک کس فرم میں کام کر رہا ہے۔"

وہ کوڈ پیغام کو عام زبان میں منتقل کر چکا تو سیما نے پوچھا۔

"کیا پیغام ہے۔"

جاوید نے کاغذ سیما کی طرف بڑھا دیا ——— سیما نے پیغام پڑھ کر حیرت سے کہا۔

" زاہد صاحب کو ڈاکٹر کم یاک میں کیا دلچسپی پیدا ہو گئی۔"

" شاید وہ کم یاک کے اسی مقدمے کے بارے میں دلچسپی لے رہے ہیں"

" شادی مون شائی سے ڈاگا کو کرنی ہے۔ زاہد صاحب کو دلچسپی لینے کی کیا ضرورت ہے۔"

" ہو سکتا ہے وہ بھی مون شائی پر عاشق ہو گئے ہوں۔" جاوید بولا " مردوں کا کیا ہے جہاں کوئی اچھی صورت نظر آئی پھسل گئے۔"

" کم از کم زاہد صاحب تمہاری طرح ہر لڑکی پر رال ٹپکاتے نہیں پھرتے ———"

اسی بھروسے میں بیٹھے بیٹھے بوڑھی ہو جاؤگی "۔

"میرے بڑھاپے اور جوانی کی تم فکر نہ کرو۔ اگر میں بوڑھی بھی ہوگئی تو بھی تم جیسے احمق مرد سے کبھی شادی نہیں کروں گی"۔

"اچھا خیر مت کرنا یہ بتاؤ کیا تمہیں کچھ معلوم ہے ڈاکٹر کم یاک کس فرم میں کام کرتا ہے"۔

"ڈاگا سے پوچھ لو"۔

جاوید اُٹھ کر فون پر گیا ــــ ڈاگا کا نمبر ملایا۔ فوراً ہی ڈاگا کی آواز سنائی دی۔

"ڈاگا پرائیویٹ ڈیٹیکٹو ایجنسی"۔

"میں تمہارا سوتیلا چچا بول رہا ہوں" جاوید بولا۔

"حیرت ہے کہ تم ابھی تک زندہ ہو جب کہ میں اپنے تمام سوتیلے رشتہ داروں کو مار چکا ہوں"۔

"تو پھر میں سگا ہوں۔ بائی دی وے ڈیڈی کا پیغام آیا ہے"

"کہاں سے"۔

"پیکنگ سے"۔

"کوئی خاص بات"

"ہاں ــــ"

"کیا ہے"۔

"تمہارے ہونے والے خسر کے بارے میں معلومات حاصل کرنے کی کوشش کی ہے"۔

"ڈاکٹر کم یاک کے بارے میں"۔

"میرا خیال ہے، وہی تمہارا ہونے والا خسر ہے"
"مگر ان کو ڈاکٹر کم یاک کے بارے میں سب کچھ بتا چکا ہوں"
"کیا تمہیں معلوم ہے کم یاک کس فرم میں کام کرتا ہے"
"ہاں ــــ فرم کا نام ہے۔ پیرا ماؤنٹ پرفیوم اینڈ کاسمیٹک"
"ان کی فیکٹری کہاں ہے"
"مجھے معلوم نہیں"
"معلوم کر سکتے ہو"
"ڈائرکٹری میں دیکھ لو"
"وہ تو دیکھ ہی لوں گا مگر تم کیسے عاشق ہو کہ ہونے والی بیوی کے باپ کے بارے میں کچھ بھی نہیں جانتے"

"شادی میں لڑکی سے کروں گا۔ باپ سے نہیں"
"اچھا برخوردار ـــ خدا تمہیں جلد از جلد شادی کرنے کی توفیق دے ـــ"
"کیا انہوں نے کچھ لکھا ہے کہ وہ ڈاکٹر کے بارے میں کیوں جاننا چاہتے ہیں اور کیا جاننا چاہتے ہیں"
"پیغام صرف یہ ہے کہ ڈاکٹر کم یاک کے بارے میں جو کچھ معلوم ہو سکے معلوم کر کے ان کو فوراً پیغام بھیج دوں۔ اچھا گڈ بائی"
یہ کہہ کر جاوید نے فون رکھ دیا۔

۱۱

پیراماؤنٹ پرفیوم اینڈ کاسمٹیک فیکٹری کی بلڈنگ شہر سے دور آبادی سے بالکل الگ تھلگ بنی ہوئی تھی۔ شروع میں کانٹوں دار تار کی ایک باڑھ عمارت کے گرد تھی پھر چاروں طرف کھلی چوکور پٹی تھی۔ اس کے بعد قد آدم فصیل تھی جس میں لوہے کا مضبوط پھاٹک تھا۔ فصیل پر ایک گز اونچی کانٹے دار تاروں کی باڑھ تھی۔ جاوید کو حیرت ہوئی کہ خوشبوئیں اور میک اپ کا سامان بنانے والی ایک فیکٹری میں حفاظت کے اس قدر انتظامات کرنے کی کیا ضرورت تھی۔

جاوید گیٹ پر پہنچا تو ایک آدمی پہرے دار کے بوتھ سے نکل کر آیا۔ اس کے ہاتھ میں رائفل تھی، جاوید کو دیکھ کر اس نے پوچھا۔

"کس سے ملنا ہے؟"

"ڈاکٹر کم پاک سے" جاوید بولا۔

وہ اس وقت نہیں مل سکتے۔ ان کا سخت آرڈر ہے کہ ڈیوٹی کے اوقات میں ان کو ڈسٹرب نہ کیا جائے۔"

"پھر کب مل سکتے ہیں"

"شام کو پانچ بجے ان کی چھٹی ہوتی ہے۔"

جاوید دل ہی دل میں حیران ہوتا ہوا واپس چل دیا۔ اس کے دل میں کچھ شکوک اُبھرنے لگے تھے۔ کچھ دُور جا کر وہ پھر پلٹا۔ اس بار وہ لمبا چکر کاٹتا ہوا عمارت کے پیچھے پہنچا اور پوری فیکٹری کا ایک چکر کاٹا ـــــ پھر اس نے ایک پتھر اٹھا کر پوری قوت سے فصیل پر لگی باڑھ کے تار پر مارا۔ پتھر تار سے ٹکرا کر واپس نیچے گر پڑا۔ جاوید کے ذہن میں ایک شک تھا، لیکن اس شک کی تصدیق کرنے کے لئے اس کے پاس کوئی چیز نہ تھی۔ اسے شک یہ تھا کہ فصیل پر کھڑے تاروں کی باڑھ میں بجلی کا کرنٹ ہے۔ یا ممکن ہے اس وقت کرنٹ نہ ہوتا ہو بلکہ رات کو کرنٹ چھوڑ دیا جاتا ہو۔ اگر اس کا یہ اندازہ درست تھا تو اس کا مطلب تھا کہ یہ صرف میک اَپ کا سامان بنانے کی فیکٹری نہیں تھی بلکہ اس میں کچھ اور ہو رہا تھا کوئی بہت ہی خفیہ کام یا ریسرچ جس کی حفاظت اس طرح کی جا رہی تھی ـــ وہ کھڑا اس طرح سوچ رہا تھا کہ اچانک اس نے دو آدمیوں کو اپنی طرف آتے دیکھا وہ دونوں اگرچہ سادہ لباسوں میں تھے۔ مگر جاوید ان کے لباسوں میں ریوالوروں کے اُبھار محسوس کر سکتا تھا۔ وہ لوگ قریب آ کر بولے۔

"تم کون ہو اور یہاں کیا کر رہے ہو"

"میں ذرا ڈاکٹر کم یاک سے ملنے آیا تھا" جاوید نے جواب دیا۔ مگر

گیٹ پر مجھے بتایا گیا کہ ڈاکٹر صاحب پانچ بجے سے پہلے نہیں مل سکتے۔"

"یہ ٹھیک ہے، تم ان سے کیوں ملنا چاہتے ہیں۔"

"کچھ ذاتی کام ہے۔"

"تو گھر پر کیوں نہیں ملتے۔"

"اب یہی کروں گا۔"

"اس وقت یہاں کیوں گھوم رہے ہو۔"

"میں نے سوچا شاید اس طرف سے بھی راستہ ہوگا" جاوید نے جھوٹ بولا" اس لیئے ادھر آ گیا تھا۔"

"اِدھر سے کوئی راستہ نہیں" ان میں سے ایک اس کو مشکوک نظروں سے دیکھتے ہوئے بولا" ویسے تم کون ہو۔"

جاوید نے کہا" میری بھی کاسمیٹک کی فرم ہے۔ میں ایک نیا سینٹ بنانا چاہتا ہوں اور ڈاکٹر کم یاک کا مشورہ چاہتا ہوں۔"

"وہ کسی دوسری فرم کے لئے کام نہیں کرتے ویسے ان کے گھر جا کر ملنا چاہیئے۔ ہماری فرم کے لوگ اپنے یہاں کام کرنے والوں کو فیکٹری میں کسی سے ملنے کی اجازت نہیں دیتے۔ اب تم جاؤ۔"

"جاوید واپس چل دیا" اس بار وہ دونوں دائیں بائیں ساتھ گئے اور تاروں کی باڑھ کے پھاٹک تک چھوڑ کر واپس مڑ گئے۔

سیما نے سارے حالات سُن کر کہا" اس سے تو واقعی یہ ثابت ہوتا ہے کہ وہاں کچھ گڑبڑ ہو رہی ہے۔"

"کیا میں جنرل کیو سے اس بارے میں ذکر کروں۔"

"میرا خیال ہے ابھی نہیں۔"

"کیوں۔ ابھی کیوں نہیں"

"زاہد صاحب نے پیغام تمہیں بھیجا ہے۔ اگر وہ چاہتے تو خود جنرل سے بات کر کے فیکٹری کے بارے میں معلومات حاصل کر سکتے تھے۔"

"تو پھر اب میں زاہد صاحب کو کیا لکھوں۔"

سیما نے کچھ سوچتے ہوئے کہا "کیا ممکن ہے کہ تم اس فیکٹری کی فصیل کے اوپر بنی باڑھ کو کسی طرح چیک کر سکو۔ بظاہر تو ہر فیکٹری میں حفاظت کا انتظام ہوتا ہے ہو سکتا ہے اس فیکٹری کے مالک ذرا ضرورت سے زیادہ ہی محتاط ہوں۔ لیکن اگر کسی طرح سے یقین ہو جائے کہ فصیل کے اوپر والی باڑھ میں بجلی کا کرنٹ ہے تو پھر ہم یقین سے کہہ سکیں گے کہ اس فیکٹری میں کوئی خطرناک کام ہو رہا ہے اور ڈاکٹر ٹکم یاک اس میں حصہ لے رہا ہے ممکن ہے وہ کسی قسم کی سائنٹفک ریسرچ ہو۔"

جاوید کچھ دیر سوچتا رہا پھر بولا "اچھی بات ہے۔ رات کو میں چیک کر لوں گا کہ اس باڑھ میں بجلی کا کرنٹ ہے یا نہیں۔"

"کس طرح"

"اب تم یہ مجھ پر چھوڑ دو۔"

یہ کہہ کر جاوید اُٹھ کھڑا ہوا۔

باقی سارا دن جاوید شاپنگ کرتا رہا۔ آٹھ بجے اس نے ڈاگا کو فون کر کے کہا۔

"تم ذرا میرے پاس آجاؤ۔ ایک جگہ چلنا ہے۔"

آدھے گھنٹے بعد ڈاگا آگیا۔ جاوید اس کو اپنی کار میں بٹھا کرلے چلا تو ڈاگا نے پوچھا۔

"ہم کہاں جا رہے ہیں؟"

"پتنگ اڑانے"

"پتنگ اُڑانے" ڈاگا حیرت سے بولا "رات کو۔ کیا تمہارا دماغ خراب ہو گیا ہے؟"

ایک تجربہ کار عاشق نے بتایا ہے کہ رات کو اگر محبوبہ کی یاد بہت ستائے تو انسان کو پتنگ اُڑانا چاہیے۔ اس سے تکلیف میں افاقہ ہوتا ہے اور رات سکون سے گذر جاتی ہے؟"

واپسی پر جاوید اس فیکٹری کے باہر سے چاروں طرف گھوم کر اپنے مقصد کی جگہ دیکھ آیا تھا۔ ڈاگا سمجھ گیا کہ وہ کسی اہم مہم پر جا رہا ہے اس لئے اس نے اور کچھ نہ پوچھا۔

" جاوید نے ایک جگہ آکر کار روک لی اور کار کی ڈگی کھول کر سچ مچ ایک بہت بڑی پتنگ اور ڈور کی چرخی نکالی —— لیکن اس چرخی پر ڈور کی جگہ باریک تار لپٹا ہوا تھا۔ یہ چیزیں دیکھ کر ڈاگا حیرت سے بولا —" یہ کیا چکر ہے مجھے بھی تو بتاؤ؟"

تمہیں معلوم ہے امریکہ کے مشہور سائنس داں بنجامن فرنیکلن نے یہ ثابت کیا تھا کہ آسمانی بجلی بھی زمین کی بجلی جیسی ہی ہوتی ہے اور اس مقصد کے لئے اس نے پتنگ کو استعمال کیا تھا اس نے بھی پتنگ میں تار باندھ کر اُڑایا تھا؟"

"ہاں"۔ ڈاگا سر ہلاتے ہوئے بولا " یہ تو مجھے معلوم ہے۔ لیکن

وہ بات تو بنجامن فرینکلن ثابت کر چکا ہے۔ اب تم کیا ثابت کرنا چاہتے ہو؟"
"میں یہ ثابت کرنا چاہتا ہوں کہ کسی عمارت کی فصیل پر بنی کانٹوں والے تار کی باڑھ میں بھی بجلی دوڑائی جاسکتی ہے۔ یہاں سے کچھ فاصلے پر ایک عمارت ہے اس میں وہ باڑھ ہے۔ اب تم مجھ سے سوال مت کرو۔ پہلے مجھے تجربہ کرنے دو اس کے بعد میں سب کچھ بتا دوں گا۔ فی الحال تو تم یہ ربڑ کے دستانے پہن لو۔"
"وہ کس لئے"
"اس لئے کہ پتنگ تمہیں اڑانا ہے اور مجھے درخت پر چڑھ کر دیکھنا ہے۔ جب پتنگ اتنی اُوپر چڑھ جائے گی کہ وہ اس عمارت کو چھوسکے تو میں تم سے پتنگ کو غوطہ دینے کو کہوں گا۔ تم پتنگ کو غوطہ دینا، اور تار کو درخت سے باندھ دینا۔ تار اس عمارت کے فصیل والی باڑھ سے چھوئے گا۔ اگر اس میں الیکٹرک کرنٹ ہوا وہاں بھی شعلہ اُٹھے گا اور یہاں بھی۔"
"میں سمجھ گیا" ڈاگا نے جواب دیا، اور ربڑ کے دستانے پہن لئے۔

اس کے بعد جاوید نے پتنگ کو ہوا میں اُڑایا اور تار ڈاگا کے ہاتھ میں دے دیا۔ دونوں بچپن میں پتنگ اڑاتے تھے۔ چاندنی رات تھی۔ تھوڑی دیر میں پتنگ اونچی اٹھنے لگی۔ جاوید بولا۔
"اب میں اوپر چڑھ کر دیکھتا ہوں۔"
یہ کہہ کر وہ درخت پر چڑھ گیا اور وہیں سے ڈاگا کو ہدایت دیتا رہا کہ وہ تار چھوڑتا رہے۔ اس طرح پتنگ اونچی ہوتی چلی گئی۔

درخت پر سے جاوید کو باڑھ تو نظر نہیں آ رہی تھی۔ لیکن فیکٹری کی عمارت نظر آ رہی تھی۔ اس نے پکار کر کہا۔

ڈاگا اب پہلے تم تار درخت سے باندھ دو۔ اس کے بعد پتنگ کو غوطہ دے کر چھوڑ دو۔ ڈاگا نے اس کی ہدایت پر عمل کر لیا۔ پتنگ ایک دم جھکتی چلی گئی۔ پھر جیسے ہی تار عمارت کے آس پاس باڑھ سے ٹکرایا۔ اچانک دو جگہ چنگاریاں بھڑکیں۔

جاوید نیچے اُترا۔۔ اس نے ٹارچ جلا کر دیکھا تو درخت کے چاروں طرف کالی لکیر سی بنی ہوئی تھی۔

ڈاگا حیرت سے بولا — بائی گاڈ — یہ تو سچ مچ بجلی کا اثر ہے اس کا مطلب اس عمارت کی باڑھ میں بجلی کا کرنٹ ہے۔"

"ہاں اب یقین ہو گیا" جاوید مسکرا کر بولا — "چلو واپس چلتے ہیں۔"

"لیکن وہ عمارت کس کی ہے۔"

"تمہارے ہونے والے خسر ڈاکٹر کم پاک اس عمارت میں کام کرتے ہیں۔" جاوید نے جواب دیا۔

ڈاگا حیرت سے بولا "لیکن وہ تو ایک کاسمیٹک فرم میں کام کرتے ہیں۔"

"ہاں — لیکن اب میں یقین سے کہہ سکتا ہوں کہ یہ فرم صرف خوشبوئیں یا کاسمیٹک نہیں بناتی بلکہ کچھ اور بھی بناتی ہے۔

اس کے بعد وہ ڈاگا کو زاہد کے پیغام کے بارے میں بتلانے لگا۔

۱۲

زاہد کو ہندوستانی سفارت خانے میں رہنے کے لئے ایک کمرہ دے دیا گیا تھا۔ اس کمرے میں انٹرکام فون بھی لگا ہوا تھا۔ اس روز زاہد کمرے کے دروازے پر دھوپ میں آرام کرسی پر پڑا ایک میگزین دیکھ رہا تھا کہ انٹرکام کا سگنل ہوا۔ زاہد نے اٹھ کر رسیور اُٹھایا تو دوسری طرف سے پرمود کی آواز سُنائی دی۔

"کرنل — تمہارا ریڈیو پیغام ہے"

"تو میرے کمرے میں بھجوا دو"

"میں بھجوا رہا ہوں"

تھوڑی بعد ہی ایک چپراسی کوڈ پیغام زاہد کو دے گیا — زاہد کاغذ قلم لے کر کوڈ کو آسان زبان میں تبدیل کرنے لگا۔

آدھے گھنٹہ بعد اس کے پیغام کا جواب آسان زبان میں اس طرح تھا،

"ڈاکٹر کم یاک جس کاسمٹیک فرم میں کام کرتے ہیں وہ صرف کاسمٹیک فرم نہیں - اس کی سکیورٹی کے انتظام سے ثابت ہوتاہے کہ اس میں کوئی اہم ریسرچ ہو رہی ہے۔"

یہ پیغام پڑھ کر زاہد کے ماتھے پر بل پڑ گئے - سچ بات یہ ہے کہ اس کے ذہن میں دھند سی بھر گئی تھی - اس کی سمجھ میں نہیں آرہا تھا کہ وہ کیا سمجھے - سوچتے سوچتے اس نے کاغذ پر کچھ سوال لکھے :

۱- ڈاکٹر کم یاک پر چینی حکومت نے دس سال بعد مقدمہ کیوں چلایا اور پھر کیوں اس واقعہ کو بھول گئے۔

۲- ڈاکٹر کم یاک نے جھوٹ کیوں بولا کہ اس کی ٹانگ میں گولی کیمپ سے بھاگتے ہوئے لگی تھی بلکہ مائی لا کے بیان کے مطابق وہ زخم پہلے سے تھا۔

۳- ڈاکٹر کم یاک اگر کسی کاسمٹیک فرم میں کام کر رہا ہے تو اس کی سیکیورٹی کا اتنا بندوبست کیوں ہے۔

۴- ؟ ؟ ؟ ؟ — جنرل کیو کے ساتھ ڈاکٹر کم یاک کی لڑکی کی منگنی کیوں تھی —

۵- جنرل کیو، ڈاکٹر کم یاک کے بارے میں کیا جانتے ہیں۔

یہ سوال لکھ کر زاہد نے کاغذ جیب میں رکھ لیا اور کمرے میں ٹہلنے لگا۔

اسی شام زاہد نے پرمود سے کہا۔

"مسٹر پرمود میں تبت اور چین کی سرحد پر ایک چھوٹے سے قصبے کاسہ جانا چاہتا ہوں۔"

"قصبہ کاسہ" پرمود نے حیرت سے کہا" وہاں کیا کرو گے"۔
ڈاکٹر کم یاک کا بچپن اسی قصبے میں گذرا ہے۔ میں وہاں جا کر اس کے بارے میں جاننا چاہتا ہوں"
"کیا تمہیں ڈاکٹر کم یاک کی ذات پر کوئی شبہ ہے"۔
ابھی میری سمجھ میں کچھ نہیں آرہا ہے۔ ڈاکٹر کم یاک بیس سال سے ہندوستان میں ہیں اور جنرل کیوان کو جانتے ہیں اگر وہ کوئی غلط کام کر رہے ہوتے تو اب تک وہ چھپے نہیں رہ سکتے تھے۔ اس کے باوجود میری سمجھ میں نہیں آرہا کہ کم یاک نے جھوٹ کیوں بولا" کچھ نہ کچھ گڑبڑ کہیں ضرور ہے۔ اس لئے میں صرف اپنے اطمینان کی خاطر کاسہ جانا چاہتا ہوں"۔
لیکن شاید چینی حکومت آپ کو وہاں جانے کی اجازت نہ دے۔ ویسے بھی آپ اس وقت جرنلسٹ کی حیثیت سے آئے ہوئے ہیں اور کاسہ جانے کی درخواست کرنا بھی عجیب بات لگے گی"۔
"میں چوری سے جانا چاہتا ہوں"۔
"چوری سے" پرمود نے حیرت سے کہا" چوری سے آپ کیسے جا سکتے ہیں۔ آپ نے سنکیانگ گھومنے کے لئے درخواست کر رکھی ہے۔ کسی دن بھی آپ کو سنکیانگ جانے کی دعوت مل سکتی ہے"۔
"اس کے لئے آپ کو میری مدد کرنی ہوگی"۔
"وہ کیسے"
"میں کاسہ چلا جاتا ہوں۔ اگر میری غیر موجودگی میں چینی حکومت کا کوئی پیغام میرے نام آتا ہے یا کوئی مجھ سے ملنا چاہتا ہے تو آپ کہہ سکتے ہیں کہ میں بیمار ہوں۔ ڈاکٹر نے مجھے

آرام کے لئے کہہ رکھا ہے"

"لیکن اگر آپ کو کسی نے پہچان لیا"

"تو کیا ہو گا۔ زیادہ سے زیادہ چینی حکومت مجھے واپس بھیج دے گی"

"تمہیں معلوم ہے چینی حکومت تبت کے معاملے میں بہت حسّاس ہے"

"مجھے معلوم ہے ۔ اور میں وہاں سے نکالے جانے کا خطرہ مول لینے کو تیار ہوں"

"آل رائٹ کرنل ۔جیسے آپ چاہیں میں آپ کے ساتھ تعاون کروں گا"

"تھینک یو ڈیر"

"کب جانا چاہیں گے آپ"

"آج بشرطیکہ کوئی مجھے بتا دے کہ میں جلد از جلد کاسہ کیسے پہنچ سکتا ہوں اور کیسے واپس آسکتا ہوں"

"یہ کچھ مشکل نہیں، آپ ہوائی جہاز سے لاسہ جا سکتے ہیں۔ وہاں سے کاسہ آسکتے ہیں مشکل یہ ہے کہ آپ ہوائی جہاز سے کیسے جائیں گے۔"

"کیا دونوں ملکوں میں جانے کے لئے پاسپورٹ کی ضرورت ہے"

"پاسپورٹ کی ضرورت تو نہیں لیکن اگر کسی کو ذرا بھی شک ہو گیا تو وہ آپ کی چیکنگ تو کر سکتے ہیں"

"اس کی آپ فکر نہ کریں ۔ میں پرویز کے ذریعے ایک فرضی نام

سے ہوائی جہاز پر سیٹ ریزرو کراؤں گا، مجھے صرف تین چار دن چاہئیں"

"تین چار دن کے لئے ہم آپ کو کور کر لیں گے۔"

"بس تو ٹھیک ہے۔ میرے لئے اتنا کافی ہے۔"

یہ کہہ کر زاہد پرمود سے رخصت ہو کر پرویز کے کمرے میں گیا اور اس کو اپنا پروگرام بتا کر بولا۔

"آپ ہوائی جہاز پر میرے لئے ایک سیٹ لاسہ کے لئے ریزرو کرا دیں۔"

"کس نام سے؟"

"کوئی بھی نام رکھ لیجئے، میں اسی نام سے چلا جاؤں گا۔"

"اچھی بات ہے، میں ابھی ایر لائن کے دفتر جا کر سیٹ ریزرو کرا دیتا ہوں۔"

"کیا آپ کو معلوم ہے کہ فلائٹ کس وقت جاتی ہے؟"

"ہاں ۔۔ لاسہ کے لئے رات کے دس بجے فلائٹ جاتی ہے۔"

"تو میں آٹھ بجے تیار ہو کر ایر فیلڈ پر پہنچ جاؤں گا۔"

اس کے بعد پرویز چلا گیا اور زاہد ایک بار پھر اپنی میک اپ کٹ لے کر بیٹھ گیا۔

دو گھنٹے بعد جب زاہد نے خود کو شیشے میں دیکھا تو مسکرا کر خود ہی سر ہلا دیا۔

زاہد اب ہندوستانی کی جگہ پوری طرح تبتی نظر آ رہا تھا۔

۱۳

ایک بار لاسہ پہنچ جانے کے بعد قصبہ کاسہ پہنچ جانا کچھ مشکل نہ ہوا۔ لاسہ پہنچ کر اس نے پھر اپنا میک اپ تبدیل کر دیا اور اپنی اصلی شکل میں کاسہ پہنچا اسٹیشن پر اسے ایک انگریز نظر آیا۔ اس نے انگریز سے پوچھا۔

"کیا یہاں قصبہ میں کوئی اچھا ہوٹل ہے؟"

"ہاں ہے — اسٹیشن سے باہر ہی ہے اور اس کا منیجر انگریزی بھی جانتا ہے۔"

زاہد نے اس کا شکریہ ادا کیا اور اسٹیشن سے باہر ہوٹل میں آگیا۔ اپنے لئے ایک کمرہ بک کرانے کے بعد اس کے منیجر سے کہا۔

"مجھے اپنے ایک دوست کے بھائی کی تلاش ہے۔ پتہ مجھے معلوم ہے لیکن میں مقامی زبان نہیں جانتا۔ کیا آپ میرے لئے کسی گائیڈ یا ترجمان کا بندوبست کر سکتے ہیں۔"

"ہاں کیوں نہیں" منیجر نے مسکرا کر کہا آپ کو گائیڈ کب چاہیئے گا"

"جتنی جلد ممکن ہو سکے"

"اس کے لئے آپ کو دو گھنٹے انتظار کرنا ہو گا ـــــ میرا بھتیجا بہت اچھی انگریزی بول لیتا ہے۔ میں اس کو بلوا دوں گا"

"تو پلیز بلوا دیجئے، میں انتظار کر لوں گا"

"آپ اپنے کمرے میں جا کر آرام کریں۔ وہ جیسے ہی آئے گا آپ کے کمرے پر بھیج دوں گا"

زاہد کے ساتھ ایک چھوٹا سا اٹیچی کیس تھا۔ اٹیچی کیس بیرے نے اٹھا لیا اس کے ساتھ وہ اپنے کمرے میں آگیا۔ نہا دھو کر اس نے کچھ کھانے کے لئے منگایا۔ کھانے کے بعد وہ آرام کرنے کے لئے لیٹ گیا۔ دو ڈھائی گھنٹے بعد دروازے پر دستک ہوئی۔ زاہد نے پکار کر انگریزی میں کہا۔

"اندر آجاؤ، دروازہ کھلا ہے"

اندر داخل ہونے والا ایک نوجوان شخص تھا۔ اس نے تبتی کے انداز میں ذرا سا جھک کر اور سینے پر دونوں ہاتھ رکھ کر انگریزی میں کہا۔

"میرے انکل نے مجھے آپ کے پاس بھیجا ہے۔ آپ کو شاید ایک گائیڈ کی ضرورت ہے"

"ہاں مجھے گائیڈ کی ضرورت ہے۔ آؤ بیٹھو۔ کیا نام ہے تمہارا"

"سام لائی کاک میرا نام ہے مگر میرے دوست مجھے صرف سام کہہ کر بلاتے ہیں"

"خوشی ہوئی تم سے مل کر سام۔ بیٹھو اور پہلے یہ بتاؤ کیا پیو گے۔"
"کافی ہے" سام نے شکریہ ادا کر کے کرسی پر بیٹھتے ہوئے کہا۔
زاہد نے گھنٹی بجا کر بیرے کو بلایا اور اسے دو کافی لانے کو کہا۔
بیرا چلا گیا تو سام نے کہا۔
"انکل بتا رہے تھے، آپ کو اپنے کسی دوست کی تلاش ہے"
"دوست کی نہیں دوست کے بھائی کی۔"
"کیا آپ کے دوست تبت کے رہنے والے ہیں۔"
"ان کا بچپن کم از کم اسی قصبہ میں گزرا ہے۔"
"کب کی بات ہوگی۔"
میرے دوست کی عمر اس وقت پچپن، ساٹھ کے لگ بھگ ہوگی اس کا مطلب ہے پینتالیس، پچاس سال پہلے میرے دوست کی عمر دس سال ہوگی، جب وہ یہاں رہتا تھا۔"
"اب تو یہاں بہت تبدیلیاں آ چکی ہیں۔"
"آنی ہی چاہئیں۔ تمہاری عمر کتنی ہوگی۔"
"میری عمر اس وقت تیس سال ہے۔"
"اس کا مطلب جب یہاں انقلاب آیا اس وقت تم بچے تھے۔"
"جی ہاں میں اسکول میں پڑھتا تھا۔"
"اب یہاں چینی حکومت ہے۔"
جی نہیں، حکومت تو تبت کے لوگوں کی ہی ہے بس یہ ہے کہ کمیونسٹ حکومت ہے۔"
"یہاں کے لوگ اس حکومت سے خوش ہیں۔"

" خوش ہی معلوم ہوتے ہیں ۔ ورنہ بغاوت ہو سکتی تھی "

" مجھے خوشی ہے " زاہد بولا۔

" آپ کے دوست کے بھائی کس علاقے میں رہتے ہیں "

" یہاں کوئی ہل روڈ ہے "

" جی ہاں ہے "

" ہل روڈ پر کوئی چلڈرن پارک بھی ہے "

" جی ہاں ہے "

" بس وہیں میرے دوست کا بچپن گذرا ہے ۔ اور میرے دوست کے بھائی کو بھی وہیں ملنا چاہیئے۔

اسی وقت بیرا کافی لے کر آگیا۔ کافی پیتے ہوئے وہ اِدھر اُدھر کی باتیں کرنے لگے۔

آدھے گھنٹہ میں کافی ختم ہو گئی تو سام نے کہا۔ " کیا آپ چلنے کو تیار ہیں "

" ہاں میں تیار ہوں "

" تو چلیئے چلتے ہیں "

دونوں ہوٹل سے باہر آئے ، زاہد نے پوچھا۔

" کیا یہاں ٹیکسی مل سکے گی "

" ٹیکسی کی ضرورت نہیں ، سامنے سے بس جائے گی ۔ وہ ہل روڈ پر بالکل چلڈرن پارک کے کنارے پر اتارے گی "

" تو چلو پھر بس ہی لیتے ہیں "

وہ بس اسٹینڈ پر آ گئے ہیں دس پندرہ منٹ انتظار کے بعد ہی

بس آگئی ۔تقریباً بیس منٹ بعد بس ایک پارک کے سامنے جاکر رُکی۔"

زاہد سام کے ساتھ نیچے اترا اور پارک پر ایک نظر ڈال کر چاروں طرف دیکھا۔ اس کی نظریں پارک کے بالکل مقابل ایک تین منزلہ سفید عمارت پر رک گئیں ——— زاہد نے سوچا ڈاکٹر کم یاک نے کم از کم اپنا پتہ صحیح بتایا تھا۔ یہی وہ عمارت ہے جس میں ڈاکٹر کا بچپن گذرا ہے۔

ایک نظر چاروں طرف دیکھ کر اس نے سام سے کہا " آؤ ذرا پہلے ہم پارک میں گھوم کر دیکھ لیں۔"

"چلیئے ——" سام نے کہا۔

وہ دونوں پارک میں داخل ہوئے۔ منظر بالکل ویسا ہی تھا جیسا ڈاکٹر کم یاک نے بتایا تھا۔ پارک کے بیچوں بیچ ایک فوارہ تھا اور پس منظر میں برف پوش پہاڑی چوٹیاں تھیں۔ فوارے کے بالکل سامنے ہی تین منزلہ عمارت تھی۔ زاہد نے اس عمارت کی طرف اشارہ کرکے کہا۔

" میرا دوست اس عمارت میں رہتا تھا۔"

" کیا آپ یہاں پہلے آچکے ہیں" سام نے پوچھا۔

" نہیں ۔ میرے دوست نے اس عمارت کی اور اس پارک کی تصویریں مجھے دکھائی تھیں تاکہ میں ان جگہوں کو پہچان سکوں" زاہد نے سام کا تجسس دُور کرنے کے لئے جھوٹ بولا۔

"کیا نام ہے آپ کے دوست کا۔"

"کم یاک"

" اور ان کے بھائی کا۔"

" سوری میں اس کے بھائی کا نام بھول گیا ہوں۔ لیکن چونکہ

میرے دوست کا بچپن یہیں گذرا ہے اس لئے اس بلڈنگ میں رہنے والے بڑے بوڑھے لوگ میرے دوست اور اس کے بھائی کو ضرور جانتے ہوں گے ۔"

"تو چلیئے پھر عمارت میں چل کر دیکھتے ہیں ۔"

"ہاں ۔لیکن یہ دھیان رہے ہمیں کسی بوڑھے آدمی سے ہی پوچھنا ہوگا جو یہاں پچاس ، ساٹھ سال سے زیادہ عرصے کا رہنے والا ہو"

"پچاس ، ساٹھ سال" سام حیرت سے بولا "لیکن یہ ناممکن ہے"

"کیوں ناممکن کیوں ہے ؟"

"کیوں کہ یہ عمارت تو ابھی پچپن سال پہلے بنی ہے ۔"

زاہد کو سام کی بات پر یقین نہ آیا ۔کیوں کہ ڈاکٹر کم یاک نے اس عمارت کی صاف نشان دہی کی تھی ـــــ اس نے بحث میں نہ پڑتے ہوئے کہا ۔

"چلو چل کر کسی سے پوچھتے ہیں ۔"

دونوں عمارت کی طرف چل دیئے ۔

۱۴

عمارت بہت پرانی لگ رہی تھی ــــ لیکن ڈاکٹر کم یاک نے جو پتہ بتایا تھا جو نشانیاں بتائی تھیں بالکل درست تھیں۔

عمارت میں گھستے ہی ایک بوڑھی عورت نظر آئی ــــ زاہد نے سام سے کہا ــــ

"اس عورت سے پوچھو، کیا یہ کم یاک نام کے ایک بچے کو جانتی ہے جو چالیس، پچاس سال پہلے یہاں رہتا تھا۔"

سام نے اپنی زبان میں بڑھیا سے سوال کیا۔ بڑھیا نے انکار میں سر ہلاتے ہوئے کچھ کہا۔

سام نے زاہد سے کہا۔

"وہ انکار کر رہی ہے۔"

"آل رائٹ چلو، دوسرے کسی فلیٹ میں کسی بوڑھے کو تلاش کرتے ہیں۔"

آدھا گھنٹہ وہ عمارت کے ایک ایک فلیٹ میں جا کر پوچھتے رہے لیکن سب انکار کرتے رہے۔

پھر جب وہ باہر نکلے تو زاہد نے دیکھا ایک بہت بوڑھا شخص بچّوں کے کھانے پینے کی چیزیں خوانچے میں سجائے بیٹھا تھا۔ زاہد نے سام سے کہا۔

"اس بوڑھے سے پوچھو۔ یہاں کب سے آتا ہے"۔

سام نے بوڑھے سے پوچھ کر جواب دیا "یہ کہتا ہے کہ پچھلے پچاس سال سے وہ یہاں پر بچّوں کو یہ چیزیں بھیجتا ہے"۔

"اب اس سے پوچھو" چالیس سال پہلے یہاں کم پاک نام کا ایک لڑکا رہتا تھا۔ کیا اسے یاد ہے"۔

ساتھ ہی اس نے جیب سے کم پاک کا فوٹو نکال کر سام کو دے کر کہا ـــــ

یہ فوٹو اس کو دکھا کر کہنا کہ اب وہ اس شکل کا ہو گیا ہے"۔

سام کچھ دیر بوڑھے سے بات کرتا رہا۔ بوڑھا سنتا رہا۔ پھر فوٹو دیکھتا رہا۔ کچھ دیر سوچنے کے بعد اس نے سام کے ذریعے سوال کیا،

"کیا یہ لڑکا یہیں رہتا تھا"۔

"ہاں اسی تین منزل عمارت میں"۔

سام سے زاہد کی بات کا ترجمہ سُن کر بوڑھے نے انکار میں سر ہلاتے ہوئے کچھ کہا، سام بولا۔

'بوڑھا کہتا ہے، تیس سال پہلے تک یہاں صرف جھونپڑیاں تھیں یہ عمارت پچیس تیس سال پہلے بنی ہے۔

ایک بار پھر زاہد کو اپنے جسم میں سنسنی سی دوڑتی محسوس ہوئی اس نے یہ سوچا جب ڈاکٹر کم یاک ڈاگا کو اپنے بچپن اور کیمپ سے فرار کا قصہ سُنا رہا تھا تو اسے یہ احساس بھی نہ ہوگا کہ کوئی اس کی باتوں کو چیک کرے گا۔ اسے حیرت صرف یہ تھی کہ اس جگہ کی جو تفصیل اس نے بتائی تھی، وہ بالکل درست تھی۔

اب دھیرے دھیرے زاہد کو یقین ہوتا جا رہا تھا کہ ڈاکٹر کم یاک کی زندگی اتنی سیدھی اور صاف نہیں ہے جتنی وہ سمجھ رہا ہے۔ اس کے ماضی میں کوئی گڑبڑ ہے۔

پھر بھی زاہد جھوٹے کو گھر تک پہنچانے کا قائل تھا۔ اس نے عمارت کے نمبر نوٹ کئے اور سام سے کہا۔

"مجھے اب اپنے قصبہ کے میونسپل آفس کے بلڈنگ ڈیپارٹمنٹ میں لے چلو۔"

بلڈنگ کے ڈیپارٹمنٹ کا آفس ایک کمرے میں تھا۔ زاہد نے کلرک کو دس روپے کی برابر وہاں کا سکہ دے کر سام سے کہلوایا۔

"میں صرف یہ جاننا چاہتا ہوں کہ اس نمبر کی عمارت کب بنی ہے۔"

کلرک نے فوراً الماری سے رجسٹر نکالے، پندرہ بیس منٹ تک وہ نمبر تلاش کرتا رہا۔ آخر سر اٹھا کر بولا۔

"وہ عمارت ۱۹۵۲ میں بنی ہے۔"

گویا اب شک کی کوئی گنجائش نہیں رہی تھی۔ کم یاک نے سراسر جھوٹ بولا تھا اس کا بچپن اس قصبہ میں نہیں گذرا تھا۔

اس کے بعد وہ سام کے ساتھ واپس آگیا۔ دوسرے دن زاہد

لاسہ چلا گیا۔ وہاں سے پیکنگ جانے والے جہاز سے روانہ ہو گیا۔

زاہد سفارت خانے پہنچا تو پرمود بولا "فیوشی کی سکریٹری کئی بار فون کر چکی ہے۔ وہ کل سے فون کر رہی ہے۔"

"وہ کیا چاہتی تھی۔"

"کہتی تھی فیوشی تم سے ملنا چاہتا ہے۔"

"اچھی بات ہے، میں فون کر لیتا ہوں"

"جس مقصد کے لئے گئے تھے اس کا کیا ہوا"

"میری اُلجھن اور بڑھ گئی۔"

"وہ کیسے"

ڈاکٹر کم یاک نے جھوٹ بولا تھا۔ وہ تبت کے اس قصبہ کا رہنے والا نہیں ہے۔"

"پھر آپ کیا کریں گے۔"

"فی الحال کچھ نہیں۔ ابھی تو میں سنکیانگ کی سیاحت کرنا کرنا چاہتا ہوں۔ واپس ہندوستان پہنچ کر میں براہِ راست ڈاکٹر کم یاک سے کچھ سوال پوچھنا چاہوں گا۔"

پھر بھی تم نے کوئی تو نظریہ قائم کیا ہی ہو گا کہ کیوں یہاں کی حکومت نے اس پر مقدمہ چلایا۔

"ہاں۔ ایک نظریہ میں نے قائم کیا ہے۔"

"کیا ——"

ڈاکٹر کم یاک تبت کا باشندہ نہیں۔"

"پھر کہاں کا باشندہ ہے۔"

"چین کا۔"

"لیکن چینی حکومت نے اس کو تبتی باشندہ مان کر مقدمہ چلایا تھا"

"میرا خیال ہے وہ مقدمہ جھوٹا تھا۔"

"چینی حکومت کو جھوٹا مقدمہ چلانے کی کیا ضرورت تھی۔"

"ڈاکٹر کم یاک کی اصلی شخصیت کو چھپانے کے لئے۔"

"اصلی شخصیت" پرمود حیرت سے بولا۔

"ہاں، ان حالات سے ثابت ہوتا ہے کہ کم یاک چینی جاسوس ہے۔"

"جاسوس" پرمود حیرت سے بولا۔

"جی ہاں۔"

"بات میری سمجھ میں نہیں آئی۔ اگر وہ چینی جاسوس تھا تو چینی حکومت نے اس پر مقدمہ کیوں چلایا اور خبر اخبار میں کیوں چھپوائی، اس طرح تو انہوں نے خود کم یاک کی طرف ہمارے محکمہ انٹیلی جنس کی توجہ دلانی چاہی تھی"

ہاں وہ یہی چاہتے تھے کہ محکمہ انٹیلی جنس کی توجہ کم یاک پر جائے۔ وہ تحقیق کریں اور ثابت ہو جائے کہ کم یاک چین کی کمیونسٹ حکومت کا دشمن ہے۔ اس طرح ہماری حکومت اس پر بھروسہ کرنے لگے اور جب کسی اہم محکمہ میں کسی سائنس داں کی ضرورت پڑے اور کم یاک اس محکمہ میں ملازمت کی درخواست دے تو اس کو فوراً لے لیا جائے۔ کیوں کہ وہ کیمسٹری کا بہترین سائنس داں ہے۔ اس طرح وہ محکمہ کے اندر رہ کر اس محکمہ کی اہم خبریں چین کو سپلائی کرتا رہے گا۔"

"تو کیا وہ کسی اہم محکمہ میں کام کر رہا ہے" پرمود نے سوال کیا۔

" ابھی میں یقین سے نہیں کہہ سکتا لیکن میرے اسسٹنٹ نے جو پیغام بھیجا ہے اس کے مطابق وہ جس فیکٹری میں کام کر رہا ہے ۔ اس کی سیکورٹی کا انتظام بالکل اس طرح ہے جیسے محکمہ ڈیفنس کی کسی فیکٹری کی سیکورٹی کا انتظام ہوتا ہے ۔ اس سے ثابت ہوتا ہے کہ وہ گورنمنٹ کے کسی اہم پروجیکٹ پر کام کر رہا ہے ۔"

پرمود کے جواب دینے سے پہلے فون کی گھنٹی بجی ۔ پرمود نے رسیور اٹھاکر کچھ بات کی ۔

پھر رسیور زاہد کی جانب بڑھاکر کہا ۔

لو تمہارا فون ہے ۔ شاید مسٹر فیوشی کی سکریٹری بول رہی ہیں "

" زاہد اسپیکنگ " زاہد نے فون لے کر کہا ۔

" جواب میں تاوان کی آواز سنائی دی ۔

" ہیلو مائی ڈیر مسٹر زاہد ۔ میں آپ کی تاوان بول رہی ہوں "

" ارے تاوان ـــ کیا تم پیکنگ سے بول رہی ہو "

" یس مسٹر زاہد "

" تم یہاں کیا کر رہی ہو "

" میں تمہارے ایک ہم وطن کے گائیڈ اور ترجمان کے بطور یہاں آئی ہوں "

" کون ہے میرا ہم وطن "

" ایک مسٹر بالا چندرم ہیں ۔ کسی سیاسی وفد کے ساتھ آئے ہیں اور ہاں مسٹر فیوشی کا آپ کے لئے ایک پیغام ہے "

" کیا پیغام ہے "

"سنکیانگ کے لئے آپ کے ٹور کا بندوبست کر دیا گیا ہے۔ آپ کو واپس کوم تانگ جانا پڑے گا۔"

"یہ تو خوشی کی بات ہے۔ مجھے کب تک جانا ہو گا۔"

"آپ چاہیں تو آج یا کل ہی آپ کے واپس جانے کا بندوبست کیا جا سکتا ہے۔"

"تو پھر کل میری واپسی کا بندوبست کر دیں۔"

"وہ کر دیا جائے گا۔"

"تھینک یو تاوان۔ کیا آج تم بہت بزی ہو۔"

"آپ جانتے ہیں جب ہم کسی مہمان کے ساتھ گائیڈ اور ترجمان کی حیثیت سے چلتے ہیں تو چوبیس گھنٹے اس کے ساتھ رہنا پڑتا ہے۔ اچھا خیر میں آپ کو شام کو فون کروں گی۔"

"او کے ڈیئر بائی بائی۔"

یہ کہہ کر تاوان نے فون بند کر دیا۔

پرموو ان کی باتیں سن رہا تھا اس نے کہا "روانگی کی تیاری ہے"

"ہاں"

"یہ لڑکی تمہاری ترجمان تھی۔"

"جی ہاں۔"

"کیا وہ تمہیں سنکیانگ کے ٹور پر بھیج رہے ہیں۔"

"تاوان نے اسی لئے فون کیا تھا۔ میرے ٹور کا بندوبست ہو گیا"

"ویری گڈ۔ میرا صرف ایک مشورہ ہے۔"

"وہ کیا۔"

چینی لوگ بہت حساس ہوتے ہیں یعنی جو ان کے کم زور پہلو ہیں ان کے بارے میں بہت حساس ہوتے ہیں۔ اگر ان کو ذرا بھی یہ شک ہو گیا کہ تم ان کے پروجیکٹ کے بارے میں سن گن لینے کے لئے سنکیانگ جا رہے ہو تو وہ کچھ بھی کر سکتے ہیں۔

زاہد نے مسکرا کر کہا "مشورے کا شکریہ۔ میں محتاط رہوں گا۔"

اس کے بعد پرمود اُٹھ کر کسی کام سے چلا گیا۔

شام کو تاوان نے فون کر کے کہا "مسٹر زاہد کل کی فلائٹ سے آپ کے کوم تانگ جانے کا بندوبست کر دیا گیا۔"

"تھینک یو مس تاوان۔ فلائٹ کس وقت جاتی ہے۔"

"ساڑھے دس بجے صبح۔"

"میرے کاغذات"

"وہ صبح آپ کے سفارت خانے بھیج دیئے جائیں گے۔"

"بہت اچھا۔ اس کا مطلب ہے اب تم سے ملاقات نہ ہو سکے گی"

"کم از کم پیکنگ میں نہیں ہو سکتی۔ ہو سکتا ہے کہ آپ کے لوٹ کے واپس آنے کے تک میں بھی اپنی ڈیوٹی سے فری ہو جاؤں۔"

او کے ڈیر میں واپسی پر تم سے ملنے کی کوشش کروں گا۔

"تھینکس مسٹر زاہد یہ میری خوش نصیبی ہوگی۔"

"اچھا گڈ بائی۔"

یہ کہہ کر زاہد نے فون بند کر دیا۔

۱۵

زاہد نے کوم تانگ پہنچتے ہی فیوشی کے دفتر فون کیا اور کہا۔

"میں واپس آگیا ہوں مسٹر فیوشی۔"

"ویری گڈ مسٹر زاہد" فیوشی نے کہا "ہم نے آپ کے ٹور کا بندوبست کر دیا ہے —"

"کیا آپ سنکیانگ میں کچھ خاص مقامات دیکھنا چاہتے ہیں۔"

زاہد نے کہا "آپ کا گائیڈ جو دکھا دے گا دیکھ لوں گا۔"

"لیکن ایک بات کی میں پہلے ہی آپ کو وارننگ دے دیتا ہوں۔"

"کس بات کی؟"

سنکیانگ میں سیاحت کے لئے یہ موسم اچھا نہیں کیوں کہ سنکیانگ کے اوپر والے حصے میں ان دنوں برف پڑتی رہتی ہے اور برفانی طوفان آتے رہتے ہیں۔"

"مجھے برف باری پسند ہے۔"

"پھر ٹھیک ہے ۔۔۔ آج رات آپ ڈنر میرے ساتھ کھائیے"

"میرا مقصد صرف یہ ہے تاکہ آپ کے گائیڈ کو آپ سے ملا دوں آپ دونوں مل کر سفر کا پروگرام بنا لیں اور تیار کرلیں۔"

"پھر ٹھیک ہے ۔ رات کو آپ جہاں کہیں گے میں پہنچ جاؤں گا"

"میں آٹھ بجے آپ کو لینے کے لئے گاڑی بھیج دوں گا۔"

"بہت اچھا میں انتظار کروں گا ۔ شکریہ بہو" یہ کہہ کر زاہد نے فون رکھ دیا۔

ٹھیک ساڑھے آٹھ بجے زاہد فیوشی اور اپنے اجنبی گائیڈ کے ساتھ ایک ریسٹورانٹ میں بیٹھا تھا ۔ اس کے گائیڈ کا نام "چائی کا تھا وہ ادھیڑ عمر کا آدمی تھا ۔ فیوشی نے ان دونوں کا تعارف کرایا ۔۔۔ تعارف کے بعد چائی کا نے ایک نقشہ پھیلا کر میز پر رکھتے ہوئے کہا۔

"یہ صوبہ سنکیانگ کا نقشہ ہے ۔ میں آپ کو وہ تاریخی مقامات بتا دیتا ہوں جو عام طور پر ٹورسٹ دیکھنے جاتے ہیں۔"

زاہد بولا ۔ مسٹر چائی کا میں ایک جرنلسٹ ہوں ۔ اس ٹور سے میرا مقصد صرف تاریخی مقامات دیکھنا نہیں ہے بلکہ میں آپ کے ملک کے کلچر کے بارے میں بھی جاننا چاہتا ہوں ۔ میں آپ کے کلیکٹو فارم بھی دیکھنا چاہوں گا اور کمیون بھی۔"

چائی کا نے مسکرا کر کہا " مجھے خوشی ہے مسٹر زاہد کہ آپ ہمارے ملک کے کلچر میں دلچسپی لے رہے ہیں ۔ اسی طرف ہماری حکومت کا ایک

بہت بڑا پروجیکٹ ہے جس میں مولی کیولر بایولوجی پر ریسرچ ہو رہی ہے۔"

زاہد نے اپنے چہرے کو بے جان بناتے ہوئے کہا " اگر وہ آپ کی حکومت کا کوئی اہم پروجیکٹ ہے تو آپ مجھے اس طرف نہ لے چلیے۔"

چاؤ کا نے ہنس کر کہا " ادھر آپ کو لے جانے میں کیا حرج ہے۔ آپ کوئی سیاسی جاسوس تو ہیں نہیں۔"

" پھر آپ کا شکریہ "

بہت دیر کے بعد فیوشی پہلی بار بولا۔ آپ کو اس سفر کے لئے گرم کپڑوں کی ضرورت ہو گی۔ مسٹر زاہد کیوں کہ جس علاقے میں آپ جا رہے ہیں ۔ ان دنوں وہاں کا درجۂ حرارت نقطۂ انجماد سے بھی دس پندرہ ڈگری سینٹی گریڈ نیچے گر جاتا ہے۔"

چاؤ کا نے زاہد کو اوپر سے نیچے دیکھ کر کہا۔

" میرا خیال ہے آپ کا قد میرے برابر ہے۔ میرے گرم اوور کوٹ وغیرہ آپ کے آجائیں گے ۔ اس لئے آپ کو کپڑے خریدنے کی ضرورت نہیں"

" کیا آپ کے پاس اتنے زائد کپڑے ہوں گے۔"

" جی ہاں۔ مجھے زندگی میں صرف اچھے کپڑے پہننے کا شوق ہے اسی لئے آج تک شادی نہیں کی۔" یہ کہہ کر چاؤ کا نے ایک قہقہہ لگایا۔

زاہد نے مسکرا کر کہا " مسٹر چاؤ کا آپ پہلے آدمی مجھے ملے ہیں جنہوں نے صرف اچھے کپڑے پہننے کی خاطر شادی نہیں کی۔"

" یہ صرف بہانہ ہے ۔" فیوشی نے مسکرا کر بولا۔ چاؤ کا اپنی

جوانی میں ایک لڑکی سے محبت کرتے تھے ۔ وہ لڑکی ایک ایکسیڈنٹ میں مرگئی اب یہ سب صرف شادی نہ کرنے کے بہانے ہیں ۔"

زاہد نے دیکھا چانگ کا کا چہرہ پتھر کی طرح بے جان تھا ——— اس نے کہا۔

"ویری سوری مسٹر چانگ کا ۔"

"اب سوری ہونے کی ضرورت نہیں" چانگ کا بولا " اس واقعہ کو سترہ برس گذر چکے ہیں ۔"

"کیا اب کھانا منگوالیا جائے" فیوشی بولا۔

"جی ہاں" زاہد نے جواب دیا۔

فیوشی نے کھانے کا آرڈر دیا۔ پھر زاہد سے پوچھا۔

"آپ کو پیکنگ پسند آیا؟"

"جی ہاں مجھے پیکنگ پسند ہے۔ میں پہلے بھی آچکا ہوں ۔"

"کبھی آپ تبت گئے ہیں۔ فیوشی نے اس کے چہرے پر نظریں جماتے ہوئے کہا۔

"جی ہاں لاسہ گیا ہوں ۔"

"آپ کو چینی اور تبتی بارڈر والے علاقے دیکھنا چاہئیں اس طرف ایک چھوٹا سا قصبہ کاسہ بہت خوب صورت جگہ ہے ۔"

فیوشی کی نظریں اس کے چہرے پر تھیں ۔ زاہد کا دل زور سے اُچھلا ۔ اس کے ذہن میں سوال اُبھرا ۔

فیوشی نے خاص طور پر کاسہ کا ہی ذکر کیوں کیا ؟ کیا اسے پتہ چل چکا ہے کہ میں کاسہ گیا تھا ۔"

فیوشی کے جواب میں اس نے کہا" اگر آیندہ کبھی تبت جانا ہوا تو یہ قصبہ دیکھنے کی کوشش کروں گا"۔

"کیا آپ اب اپنے ہونے والے خسر کی جانب سے مطمئن ہو گئے ہیں"

"جی ہاں۔ بالکل مطمئن ہو گیا ہوں"۔

زاہد کو اپنے اندر سنسنی سی دوڑتی محسوس ہو رہی تھی اس کی سمجھ میں نہ آرہا تھا کہ فیوشی نے کاسہ اور رکم یاک کا ذکر کیوں چھیڑا تھا۔ کیا اسے معلوم تھا کہ وہ پیکنگ میں رہ کر کم یاک کے بارے میں چھان بین کرتا رہا ہے۔ اگر اسے یہ پتہ تھا تو وہ اس سے ذکر کیوں کر رہا تھا؟

"مجھے خوشی ہے" فیوشی بولا "کم از کم اب آپ اپنی محبوبہ سے شادی کر سکیں گے"۔

"جی ہاں" زاہد نے سر ہلایا۔

اس کے بعد کھانا آگیا اور وہ لوگ کھانے میں مصروف ہو گئے۔

کھانے سے فارغ ہونے کے بعد چانی کا نے زاہد سے پوچھا کیا آپ گیارہ بجے مجھ سے مل سکتے ہیں"

"ضرور مل سکتا ہوں"

بس تو کل میں ٹھیک گیارہ بجے آپ کے ہوٹل پہنچ جاؤں گا کل شاپنگ ختم کر کے پرسوں ہم روانہ ہو جائیں گے"۔

بہت اچھا مسٹر چانی کا میں آپ کا انتظار کروں گا پھر اس نے فیوشی سے کہا "میں آپ کا احسان مند ہوں مسٹر فیوشی کہ آپ کی وجہ سے گھومنے کا یہ موقع مل رہا ہے"

"یہ تو ہمارا فرض ہے مسٹر زاہد" فیوشی نے جواب دیا۔

دس، پندرہ منٹ کے بعد وہ اٹھ کھڑے ہوئے۔ فیوشی اور چانی کا اس کو ہوٹل چھوڑتے ہوئے چلے گئے۔

۱۶

پانچ چھ دن کا سفر بہت اچھا رہا۔ وہ جہاں جاتے بڑی عزت سے ٹھیرایا جاتا۔ زاہد جس چیز کو دیکھنے کو کہتا وہ دکھائی جاتی۔ کسی سیاسی لیڈر کی طرح ہر جگہ اس کی آؤ بھگت ہو رہی تھی۔ چائی کا اگرچہ صورت سے بڑا اکھڑ شخص لگتا تھا۔ لیکن ساتھ رہنے پر پتہ چلا کہ وہ با اخلاق شخص تھا ہر جگہ زاہد کے آرام کا خیال رکھتا تھا۔

چھٹے دن وہ ایک چھوٹے سے شہر میں ٹھیرے ہوئے تھے۔ اس روز زاہد نے چینی کمیون دیکھے تھے۔ رات کے کھانے پر چائی کا نے اس سے کہا۔

"کل کا سفر بہت اہم ہو گا۔"

"کس لحاظ سے۔"

"کیوں کہ اب ہم اس شہر میں چل رہے ہیں، جہاں ہماری وہ

ریسرچ لیبارٹری ہے۔"

وہی جو آپ کہہ رہے تھے جہاں مولی کیولر بائیولوجی میں ریسرچ ہو رہی ہے"

"ہاں۔"

"کیا یہ کوئی بہت بڑا شہر ہے۔"

"نہیں۔ چھوٹا سا شہر ہے۔ لیکن اس ریسرچ کے لئے اُس شہر کو اس کی آب و ہوا کے لحاظ سے چنا گیا ہے۔"

"کیا اس شہر کی آب و ہوا میں کوئی خاص بات ہے۔"

"وہاں درجۂ حرارت پندرہ سینٹی گریڈ نفی رہتا ہے یعنی برف جمنے کے درجۂ حرارت سے پندرہ ڈگری نیچے اتنے کم درجۂ حرارت میں جراثیمی زندگیاں برف کی طرح جما کر رکھی جا سکتی ہیں اور وہ خراب نہیں ہوتیں"

جس جگہ وہ اس وقت ٹھیرے ہوئے تھے وہاں بھی درجۂ حرارت کچھ کم نہیں تھا۔ چاروں طرف برف ہی برف نظر آتی تھی۔ کبھی برف گرنے لگتی تھی، کبھی سورج چمکنے لگتا تھا۔ اسی لئے چائی کا سردی اور برف سے بچنے کا ہر سامان اپنے ساتھ لایا تھا۔

دوسرے دن وہ صبح اُٹھے تو دیکھا برف پڑ رہی تھی چائی کا نے کہا

"یہاں سے ہمیں کار میں چلنا پڑے گا۔"

"کیا ٹرین نہیں جاتی۔" زاہد نے پوچھا۔ "نہیں۔"

"تو کار ہمیں کہاں سے ملے گی۔"

"میں نے بندوبست کر لیا ہے۔ ٹورسٹ ڈیپارٹمنٹ کی کار آنے ہی والی ہوگی۔"

ایک گھنٹہ انتظار کے بعد ایک کار جو کار کم، کھٹارا زیادہ لگتی تھی۔

آگئی۔ اس کا ڈرائیور بھی ادھیڑ عمر کا آدمی تھا اور صورت سے غنڈہ لگتا تھا۔ زاہد نے کار دیکھ کر پوچھا۔

"یہ کار ہمیں منزل تک پہنچا بھی دے گی؟"

اس کار کے ڈرائیور نے جواب دیا" جناب اس گاڑی کی صورت پر مت جائیے۔ اس کا انجن بارہ ہاؤس پاور کا ہے؟"

ڈرائیور کا تعلق چونکہ ٹورسٹ ڈیپارٹمنٹ سے تھا اس لئے وہ انگریزی جانتا تھا۔ جائی کا بھی اچھی خاصی انگریزی بول رہا تھا۔

دس بجے تک انہوں نے اپنا سامان کار میں بھرا۔ کچھ کھانے پینے کا سامان اور کافی کے تھرماس وغیرہ لے لئے۔ ساڑھے دس بجے وہ چل دیئے۔ شہر سے باہر نکل آنے کے بعد۔ زاہد نے دیکھا کہ چاروں طرف برف کا ریگستان سا پھیلا ہوا تھا۔ دور دور تک کوئی درخت نظر نہ آتا تھا۔ سڑک بھی اس لئے نظر آرہی تھی کہ اس پر دن میں شاید دو تین موٹریں گذر جاتی تھیں جس سے برف پر پہیوں کے گڑھے بن گئے تھے ریل کی پٹری کی طرح دور تک وہ گڑھے چلتے نظر آتے تھے۔

زاہد اور جائی کا پیچھے بیٹھے تھے، اس نے پوچھا۔

"ہم اپنی منزل پر کب تک پہنچ جائیں گے؟"

"ہمیں چلنے میں دیر ہوگئی ہے، اس لئے شاید آٹھ تو بج جائیں"

زاہد خاموش ہوگیا۔ کار بیس میل کی رفتار سے بھی مشکل سے چل رہی تھی۔

پانچ بجے لگے تھے تو اچانک برف پڑنی شروع ہوگئی اور تھوڑی دیر میں ہی ہواؤں کے جھکڑ بھی چلنے لگے۔

"یہ بُرا ہوا" چائی کا بولا۔
"کیا ہوا" زاہد نے پوچھا۔
"یہ تو طوفان کے سے آثار ہیں"۔
"پھر اب کیا ہوگا"۔
"کچھ نہیں ہم چلتے رہیں گے۔ لیکن طوفان شروع ہو گیا تو سفر جاری رکھنا مشکل ہو جائے گا"۔
"کیا راستے میں کوئی گاؤں نہیں پڑتا جہاں ہم رات گذار لیں"۔
"نہیں۔ راستے میں کوئی آبادی نہیں"۔

تھوڑی دیر بعد ہی ہوا اور تیز ہو گئی۔ برف اور ہوا میں راستہ نظر آنا بھی بند ہو گیا۔ تین چار گز کی چیز بھی مشکل سے نظر آتی تھی۔ ڈرائیور نے بے بسی سے پیچھے کی طرف دیکھ کر کہا۔
"اب کیا کریں"۔
"چلتے رہو" چائی کا بولا۔

گاڑی چلتی رہی۔ چائی کا اور ڈرائیور دونوں کے چہروں پر فکر کے آثار پیدا ہو گئے تھے۔ طوفان لمحہ بہ لمحہ تیز ہوتا جا رہا تھا۔

پھر اچانک چلتے چلتے گاڑی کا انجن بند ہو گیا۔ ڈرائیور نے بڑبڑا کر کچھ کہا۔ زاہد نے سمجھ لیا وہ ضرور گالی دے رہا ہوگا۔ ان کے پاس ٹارچ تھی۔ ڈرائیور ٹارچ لے کر اُترا کار کا ہڈ اٹھا کر دیکھا کچھ دیر بعد واپس آ کر بولا۔
"آج بُرے پھنسے"
"کیا ہوا" چائی کا نے سوال کیا۔

"انجن میں کچھ خرابی ہو گئی ہے۔ باہر اتنی برف پڑ رہی ہے۔ کہ اس حالت میں صحیح پتہ نہیں چلایا جا سکتا کہ کیا خرابی ہو گئی ہے۔"

"یہ تو بُرا ہوا"۔ چائی کا بولا " اس طوفان میں تو ہم پیدل بھی نہیں جا سکتے۔ اور رات بھی کار میں نہیں گذار سکتے۔"

زاہد نے ڈرائیور سے ٹورچ مانگی اور اتر کر باہر آیا۔ باہر آتے ہی اسے ایسا لگا جیسے گرتی ہوئی برف اس کی رگوں میں بھرتی جا رہی ہے۔ اس نے انجن کھول کر دیکھا۔ ڈرائیور ٹھیک کہتا تھا۔ ہوا کے ساتھ برف انجن میں بھرنے لگی۔ ایسی حالت میں انجن کی خرابی کا پتہ نہیں لگایا جا سکتا تھا۔ اس نے پھر انجن بند کر دیا اور گاڑی میں بیٹھ کر بولا۔

"واقعی پھنس گئے ہیں اور لگتا ہے رات اسی گاڑی میں گذارنی پڑے گی"

"تو پھر ہم تینوں میں سے کوئی نہیں بچے گا۔"

ڈرائیور بولا" اب تو یہی صورت ہے کہ پیدل چلیں۔ اگر میں غلطی نہیں کرتا تو اس سڑک پر گرمیوں میں پائپ ڈالنے کا کام ہو رہا تھا۔ اور مزدوروں کے لئے ایک مکان بھی بنایا گیا تھا۔"

چائی کا نے جواب دیا" اگر یہ صحیح بھی ہے تو بھی اس طوفان میں ہمیں وہ مکان کیسے نظر آئے گا۔"

یہاں بیٹھ کر موت کا انتظار کرنے سے تو بہتر ہے کہ جدوجہد جاری رکھیں، چلتے رہیں گے تو جسم بھی گرم رہیں گے۔"

"اچھا" چائی کا بولا" چلو چل کر دیکھتے ہیں۔"

زاہد کیا کہہ سکتا تھا۔۔۔ مجبوراً وہ بھی گاڑی سے اتر کر ان کے ساتھ ساتھ چل دیا۔

۱۷

باہر نکل کر وہ مشکل سے بیس قدم گئے ہوں گے، کہ اچانک ڈرائیور خوشی سے چلایا۔

"پائپ"

چائی کا نے فوراً اِدھر اُدھر ٹارچ ڈالی۔ ان سے دو گز کے فاصلے پر سیمنٹ کا بنا ایک بہت بڑا پائپ پڑا تھا۔ پائپ کا دائرہ اتنا بڑا تھا کہ اس میں آسانی سے ایک آدمی جھک کر گزر سکتا تھا۔ چائی کا نے کہا۔

"لگتا ہے یہی وہ پائپ لائن ہے جو گرمیوں میں ڈالی جا رہی تھی۔"

"لیکن یہ پائپ تو زمین سے اُوپر ہیں" زاہد نے کہا۔

وہ لائن دوسری طرف سے ڈالتے آ رہے ہیں۔ اب گرمیاں شروع ہوں گی تو ان کو زمین میں دبا دیا جائے گا۔"

ڈرائیور نے کہا" ہم ان پائپوں کے ساتھ اگر چلتے جائیں تو وہ مکان ہمیں مل جائے گا۔"

" تو چلو چلتے ہیں ۔"

" ایسا نہ ہو کہ گاڑی بھی ہمیں نظر آنی بند ہو جائے ۔ ایسے طوفان میں پھر ہم گاڑی بھی تلاش نہ کر سکیں گے " زاہد نے کہا ۔

ہم اس پائپ کے ساتھ ساتھ ایک طرف چل کر دیکھتے ہیں ۔ اگر دو سو گز تک کوئی عمارت نظر نہیں آئی تو ہم انہیں پائپوں کے ساتھ ساتھ چل کر گاڑی تک واپس آجائیں گے ۔"

بات معقول تھی ، اس لئے زاہد تیار ہو گیا ۔ تین چار قدم چل کر چائی کا بولا ۔

" ہم غلطی کر رہے ہیں ہمیں کھانے پینے کا سامان ساتھ لے لینا چاہیئے اگر وہ مکان مل گیا تو ہمیں سامان لینے پھر آنا پڑے گا ۔"

یہ بات بھی معقول تھی اس لئے انہوں نے ضروری سامان گاڑی سے نکال کر تین جگہ بانٹ لیا اور پائپوں کے ساتھ چل پڑے ۔ پائپ اگرچہ ابھی دبائے نہیں گئے تھے ۔ لیکن ایک سے دوسرا پائپ ملا ہوا چلا گیا تھا کوئی آدھے گھنٹے میں انہوں نے مشکل سے ڈیڑھ سو گز کا فاصلہ طے کیا ۔ سب سے آگے ڈرائیور ہی چل رہا تھا ۔ اچانک ڈرائیور پھر چلایا

" وہ رہا مکان ۔"

اب زاہد نے دیکھا کہ واقعی سفید سفید برف کے گالوں کے بیچ سے ایک کالی سی عمارت کبھی کبھی نظر آجاتی تھی ۔ پناہ مل جانے کے تصور سے زاہد کو اپنے اندر زندگی کی لہر دوڑتی محسوس ہوئی ۔ وہ گھٹنوں گھٹنوں برف سے گذرتے ہوئے مکان کے دروازے پر پہنچے ۔ دروازہ کھلا ہوا تھا تینوں اندر داخل ہوئے ۔

مکان کے اندر قدم رکھتے ہی زاہد کو ایسا لگا جیسے ماں نے کسی بچے کو اپنی گود میں چھپا لیا ہو۔ کپڑوں سے برف جھاڑ کر جائی کا نے ٹورچ کی روشنی اِدھر اُدھر ڈالتے ہوئے کہا۔

مکان میں بجلی تو ہونی چاہیے۔ پھر خود ہی بولا۔۔"سوئچ اور کنکشن تو ہیں"

یہ کہہ کر وہ سوئچ دبانے لگا۔ ڈرائیور نے کہا۔

"پہلے یہ تو دیکھ لو بلب بھی ہے یا نہیں"

جائی کا نے اوپر روشنی ڈالی تو بلب موجود تھا۔

"بلب تو ہے" جائی کا نے کہا۔

"تو ٹورچ مجھے دو۔ میں دیکھتا ہوں"

جائی کا نے اس کو ٹورچ دے دی۔ ڈرائیور ٹورچ کی روشنی میں اِدھر اُدھر دیکھتا ہوا اندرونی دروازے سے دوسرے کمرے میں چلا گیا۔ کچھ بعد واپس آکر بولا۔ بجلی ہے، بلب بھی ہیں مگر میٹر کا فیوز جلا ہوا ہے۔ ذرا سا تار مل جائے تو ابھی روشنی ہو جائے گی۔

مکان بالکل خالی پڑا تھا۔۔ فرنیچر کے نام پر ایک تپائی بھی نہیں تھی۔ دو کمروں کا مکان تھا۔۔۔ کمرے بڑے بڑے تھے اور ان میں آتش دان بھی بنے ہوئے تھے۔

جائی کا نے ڈرائیور کی بات سن کر کہا۔۔" اس مکان میں مزدور رہتے تھے۔ تلاش کرو، شاید کوئی تار کا ٹکڑا مل جائے"

ایک بار پھر ڈرائیور تار تلاش کرنے چلا گیا۔ آخر دوسرے کمرے سے آواز آئی۔

"تار مل گیا"۔

پھر وہ تقریباً چار انچ لمبا زنگ لگا تار کا ٹکڑا لئے اندر آیا اس وقت ایسا لگ رہا تھا جیسے اسے تار نہ ملا ہو بلکہ خزانہ مل گیا ہو۔

"جاؤ تو جلدی سے فیوز لگا دو"۔

ڈرائیور چلا گیا۔ چند منٹ بعد ہی ایک سوئچ دبنے کی آواز ہوئی اور کمرہ روشن ہو گیا۔ اس روز زاہد کو پہلی بار احساس ہوا کہ روشنی بھی کیا چیز ہے، جیسے ان کی آدھی مشکلیں دور ہو گئی ہوں۔

روشنی ہو جانے کے بعد تینوں نے دونوں کمروں کا جائزہ لیا۔ چائی کا دونوں کمرے دیکھ کر بولا۔

"یہ کیسا مکان ہے۔ نہ لیٹرین نہ باتھ روم"۔

"مجھے معلوم ہے" ڈرائیور بولا "اس مکان کا اسٹور، لیٹرین اور باتھ روم الگ کچھ فاصلے پر بنے ہوئے ہیں۔ اسٹور روم میں لکڑی مل سکتی ہے، یہاں فرش پر ان کپڑوں میں رات نہیں گذر سکتی۔ البتہ اگر آتش دان میں آگ روشن ہو جائے تو ہم اس کے گرد لیٹ کر سو سکتے ہیں"

"یہ بات تو ہے" چائی کا بولا۔

ڈرائیور نے کہا "تو چلو ہم لکڑی لے آتے ہیں"۔

زاہد کو اسی وقت باتھ روم جانے کی خواہش بھی ہو رہی تھی، اس لئے وہ بولا۔

"چلئے میں آپ کے ساتھ چلتا ہوں، مسٹر چائی کا آپ یہیں رہ کر سامان کھولئے" "اوکے زاہد صاحب" چائی کا بولا۔

زاہد ڈرائیور کے ساتھ چل دیا۔ ٹورچ ڈرائیور کے ہاتھ میں ہی تھی

ایک بار وہ پھر مکان سے باہر نکلے تو سرد طوفان نے ان کا خیر مقدم کیا۔ لیکن وہ ہمت کر کے آگے بڑھے۔ ڈرائیور شاید اس علاقے سے واقف تھا۔ اس مکان سے تیس چالیس گز کے فاصلے پر ہی ایک چھوٹی سی عمارت اور بھی۔ اس میں واقعی اسٹور میں لکڑیاں بھری تھیں۔ رات ہو چکی تھی اور سامنے مکان میں بجلی کی روشنی تھی۔ اس لئے وہ عمارت صاف نظر آرہی تھی۔ زاہد نے کہا۔

"میں ذرا باتھ روم ہو آؤں۔ پھر ہم لکڑیاں ساتھ لے کر چلتے ہیں"

ڈرائیور نے کہا "تم باتھ روم سے نمٹ لو اتنے میں لکڑیوں کا ایک پھیرا ڈال آتا ہوں۔ تاکہ ہمارے دوسرے پھیرے تک مسٹر جاپائی کا آگ جلا دیں۔"

"اچھی بات ہے" زاہد نے کہا۔ اور باتھ روم میں چلا گیا۔

کچھ دیر بعد وہ نکلا، اس نے دیکھا کہ ڈرائیور نہیں تھا۔ وہ لکڑیاں اور ٹورچ لے کر چلا گیا تھا۔ زاہد وہیں رہ کر انتظار کرنے لگا۔ پندرہ بیس منٹ گذر گئے۔ ڈرائیور پھر واپس نہ آیا۔ زاہد اسٹور سے نکل کر مکان کی طرف جانے کے بارے میں سوچ ہی رہا تھا کہ اچانک مکان کی بجلی چلی گئی۔ زاہد سمجھ گیا کہ فیوز پھر جل گیا ہوگا۔

وہ انتظار کرتا رہا۔ ٹھنڈ اس کی ہڈیوں میں گھسی جا رہی تھی۔ آدھا گھنٹہ گذر گیا تو اس نے آوازیں دیں۔ لیکن طوفان میں اس کو اپنی آواز بڑی کم زور اور گھٹی ہوئی محسوس ہوئی۔

آخر جب پون گھنٹہ گذر گیا تو اس نے خود ہی مکان کی طرف چلنے کا فیصلہ کیا۔

اس کے پاس ٹورچ نہیں تھی ۔ اسٹور روم سے نکل کر وہ اندازے سے مکان کی طرف چل دیا اسے اُمید تھی کہ جلد ہی یا تو بجلی واپس آجائے گی یا اس کو کچھ دُور چلنے کے بعد مکان نظر آجائے گا ۔

لیکن برف میں ایک گز کے فاصلے کا راستہ بھی نظر نہیں آرہا تھا ۔ وہ چلتا رہا اور اسے مکان نظر نہ آیا ۔ دس پندرہ منٹ چلنے پر بھی جب اسے مکان نظر آیا تو پہلی بار زاہد کے دل میں خوف کی لہر دوڑی ـــ اس نے سوچا ۔

اس طوفان میں جب کہ ایک گز کے فاصلے کی چیز بھی نظر نہیں آرہی ہے اگر مجھے مکان نہ ملا تو کیا ہوگا ۔ ذرا سا زاویہ بدلنے پر میں مکان کی برابر سے نکل کر برف کے ایک ریگستان میں کھو سکتا ہوں اور پھر رات بھر اسی طرح بھٹکتا پھروں گا ۔ حتیٰ کہ یہ طوفان مجھے تھکا کر گرادے گا ۔ اور اس کے بعد کیا انجام ہوگا ۔ یہ ظاہر ہے ۔"

خوف کی ہلکی ہلکی سنسنی اسے اپنے رگ وپے میں دوڑتی ہوئی محسوس ہونے لگی ۔

۱۸

زاہد کو زندگی میں موت سے کئی بار واسطہ پڑا تھا۔
لیکن اس وقت جو موت اس کے سامنے تھی وہ بڑی عجیب و غریب موت تھی۔ تنہائی کی سرد موت اس کے چاروں طرف برف کا لق و دق صحرا تھا۔ ایسی حالت میں جب کہ ایک گز کے فاصلے کی چیز بھی نظر نہ آرہی تھی۔ صرف تیس، چالیس گز کا فاصلہ اس کے لئے لاکھوں میل کا فاصلہ تھا۔

اسے پتہ نہیں تھا۔ کتنا وقت گذر گیا تھا وہ تو صرف پاگلوں کی طرح برفانی آندھی میں لڑکھڑاتا اس اُمید پر چلے جارہا تھا کہ شاید اسے مکان کی روشنیاں نظر آجائیں۔ لیکن روشنی کہیں نہیں تھی۔ صرف اندھیرا تھا اور ٹھنڈ تھی۔

آخر اس کی ہمت جواب دے گئی اور وہ چکرا کر گرنے لگا۔

زاہد کے ٹھنڈ سے مفلوج دماغ نے کہا۔

"بس آج خاتمہ ہے۔ یہی زندگی کی آخری رات ہے۔"

لیکن عین اسی وقت جب وہ خود کو موت کے حوالے کرنے والا تھا تو چلتے چلتے اس کا ہاتھ کسی ٹھوس چیز سے ٹکرایا اس نے جلدی سے اس چیز کو ٹٹول کر دیکھا۔

امید کی ایک چنگاری چمکی۔ اس کے ٹھنڈے سُن دماغ نے پہچان لیا وہ سخت چیز سیمنٹ کا پائپ تھی۔ خوشی سے اس کو اپنے اندر جان آتی محسوس ہوئی اس نے سوچا یہ وہی پائپ ہیں۔ میں ان پائپوں کے سہارے مکان تک پہنچ سکتا ہوں۔

"لیکن کس سمت میں چلنے پر؟ مشکل یہ تھی کہ اسے اب سمت کا بھی اندازہ نہیں رہا تھا۔"

دوسرے ہی لمحہ پھر اسے مایوسی نے گھیرا۔ اس نے خود سے کہا۔

"نہیں۔ میں ان پائپوں کے سہارے اس مکان تک نہیں پہنچ سکتا لیکن اگر میں پائپ میں گھس کر لیٹ جاؤں تو کم از کم اس آندھی اور برف سے ضرور بچ جاؤں گا۔ یہ سوچ کر وہ پائپ کے اندر گھس کر بیٹھ گیا۔

ایک دم اسے ایسا لگا جیسے وہ چاروں طرف سے ہونے والی تیروں کی بوچھار سے بچ کر پناہ گاہ میں آگیا ہو۔ اب صرف اندھیرا تھا۔ طوفان کی آواز تھی۔ ٹھنڈ تھی لیکن وہ محفوظ تھا۔ اسے یقین تھا ایک رات وہ اس ٹھنڈ کا ضرور مقابلہ کرلے گا۔

آنکھیں بند کر کے وہ لیٹ گیا، اور دھیرے دھیرے گہرے گہرے سانس لے کر اپنے ذہن کو جسم کی تکلیف سے بے تعلق کر لیا۔

پھر اسے پتہ بھی نہ چلا کہ وہ کب سو گیا۔

کچھ آوازیں سن کر اس کی آنکھ کھل گئی۔ کچھ دیر تو اس کا مفلوج دماغ کوئی بات نہ سمجھ سکا۔ لیکن پھر دھیرے دھیرے جب اس کا ٹھٹھرا ہوا دماغ جاگا تو پہلا احساس یہ ہوا کہ صبح ہو چکی ہے اور طوفان رک چکا ہے۔ اب آندھی کا شور نہیں تھا اور پائپ کے کنارے پر دھوپ کی چمک تھی

خوشی کی ایک حرارت آمیز لہر اس کے جسم میں دوڑی۔ پھر اس نے دو شخصوں کے بولنے کی آوازیں سنیں۔ وہ سمجھ گیا کہ بولنے والے ضرور چائی کا اور ڈرائیور ہوں گے۔ وہ جلدی سے باہر نکل کر ان کو پکارنا چاہتا تھا کہ چائی کا کے الفاظ پہلی بار اس کے کان میں پڑے اور وہ جہاں تھا وہیں جم کر رہ گیا۔

چائی کا چینی میں بات کر رہا تھا۔ بات مختصر تھی۔ اس لئے زاہد نے اس کا مطلب سمجھ لیا وہ کہہ رہا تھا

لیکن آرڈر تھا کہ اس کی لاش لے کر ضرور آؤں "

جواب میں ڈرائیور کی آواز سنائی دی۔ اس کی لاش اب ہم تلاش کر سکتے ہیں۔ یہ بات یقینی ہے کہ وہ مر چکا ہے۔ ایسے طوفان میں کوئی نہیں بچ سکتا تھا"

"ہاں مر تو گیا ہوگا" چائی کا بولا "میں نے بہت سوچ سمجھ کر پلاننگ کی تھی اور اس جگہ کو چنا تھا"

یہ باتیں سن کر زاہد کو ایک بار پھر ایسا محسوس ہوا جیسے موت کا سرد ہاتھ آہستہ آہستہ اس کے جسم کے اندر رینگ رہا ہو۔ چائی کا بولا

" اس کی لاش اس کے ملک بھیجنی ضروری ہے تاکہ کہا جا سکے کہ وہ

حادثے میں مرگیا"۔

"لیکن ایسے میں ہم لاش کس طرح تلاش کرسکتے ہیں۔ یہ بات توفیوشی بھی سمجھے گا۔ میرا خیال ہے اب ہمارا یہاں رہنا بے کار ہے۔ ہمیں واپس چلنا چاہیئے"۔

"تم ٹھیک کہتے ہو۔ چائی کا نے جواب دیا۔ اب جب تک گرمی نہیں پڑتی اور برف نہیں پگھلتی اس کی لاش ملنا مشکل ہے۔ چلو واپس چلتے ہیں"

دونوں کی آوازیں دور ہوتی چلی گئیں اور زاہد ششدر و حیران وہیں پڑا رہ گیا۔ اب اسے پتہ چلا کہ رات کو اس کا اکیلا رہ جانا اتفاقی حادثہ نہیں تھا بلکہ سازش کے تحت اس موسم میں اس کو اس مکان میں لایا گیا تھا۔ سازش کے تحت بجلی کا فیوز پہلے سے ہٹادیا گیا تھا۔ سازش کے تحت ہی ڈرائیور اس کو اسٹور سے لکڑیاں لانے کے لئے اپنے ساتھ لے گیا تھا اور وہیں اس کو چھوڑ کر لکڑیاں لے کر اکیلا گیا تھا تاکہ واپس جاکر وہ بجلی بجھادے۔ اس وقت اگر اسے باتھ روم جانے کی خواہش نہ بھی ہوتی تو بھی ڈرائیور کسی اور بہانے سے اس کو وہیں چھوڑ کر مکان میں واپس چلا جاتا اور روشنی بجھادیتا۔ وہ جانتے تھے کہ اندھیرا ہونے پر زاہد یہی سمجھے گا کہ فیوز پھر جل گیا اور دوبارہ تار نہیں مل رہا ہے۔ اس طرح وہ خود اندھیرے میں عمارت تلاش کرنے کی کوشش کرے گا اور بھٹک جائے گا۔

یہ بھی ممکن تھا کہ مکان تک پہنچ جاتا تو وہ اسی طرح کے کسی دوسرے حادثے میں اس کو مارنے کی کوشش کرتے۔ چائی کا کے الفاظ سے صاف ظاہر تھا کہ یہ اس کو قتل کرنے کی سازش تھی جو فیوشی کے

حکم پر کی گئی تھی اور اس کی لاش بھی ساتھ لانے کا آرڈر دیا گیا تھا تاکہ چینی حکومت حادثے میں اس کے مارے جانے پر اظہارِ افسوس کرکے اس کی لاش ہندوستانی سفارت خانے کو واپس کردے۔

لیکن کیوں — فیوشی مجھے قتل کیوں کرانا چاہتا تھا۔ اس نے خود سے سوال کیا۔

وجہ صاف ہے اس نے خود ہی اپنے سوال کا جواب دیا "فیوشی کو پتہ چل چکا ہے کہ میں ڈاکٹر کم یاک کے سلسلہ میں اپنے طور پر تحقیق کرتا رہا ہوں اس لئے مجھے قتل کرنے کی سازش کی گئی ہے تاکہ میں ہندوستان واپس جاکر ڈاکٹر کم یاک کے چینی جاسوس ہونے کا راز فاش نہ کرسکوں۔

پھر اب مجھے کیا کرنا چاہئے۔ اس نے خود سے دوسرا سوال کیا۔

واپس — اب کسی طرح بھی ہندوستان زندہ واپس پہنچنا ضروری ہے۔ اس نے پھر اپنی ہی بات کا جواب دیا۔ اس وقت میرے حق میں صرف یہ بات جاتی ہے کہ وہ لوگ مجھے مردہ سمجھ چکے ہیں۔ اس لئے فرار کے راستوں پر کسی قسم کی نگرانی نہیں ہوگی۔ لیکن مجھے جلد از جلد یہ ملک چھوڑنا ہوگا۔ ہوسکتا ہے فیوشی اپنے اطمینان کے لئے میری لاش تلاش کرائے اور لاش نہ ملنے پر اسے شک ہوجائے کہ میں زندہ ہوں۔ اس صورت میں میرا اس ملک سے باہر نکلنا ناممکن ہوجائے گا۔

دو گھنٹے تک زاہد اسی پائپ میں پڑا رہا۔ آخر جب اسے یقین ہوگیا کہ چائی کا اور ڈرائیور واپس چلے گئے ہوں گے تو وہ پائپ سے نکلا —

باہر نکل کر وہ حیران رہ گیا کیوں کہ مکان کی عمارت اس سے مشکل سے سو گز کے فاصلے پر تھی۔ رات کو برفانی طوفان میں وہ مکان کے ادھر اُدھر ہی چکر کاٹتا رہا تھا۔ کچھ دیر وہ وہیں چھپ کر دیکھتا رہا کہ مکان میں کوئی ہے یا نہیں۔ جب بہت دیر تک کوئی حرکت نظر نہ آئی تو وہ آہستہ چلتے ہوئے مکان تک پہنچا۔ دروازہ کھول کر دیکھا۔ اندر کوئی نہیں تھا۔ البتہ اس کا کچھ سامان وہیں پڑا تھا۔ کچھ کھانے کا سامان بچا کھچا پڑا تھا۔ زاہد کو سخت بھوک لگ رہی تھی۔ آیندہ کب کھانا ملے۔ اسے یہ بھی پتہ نہیں تھا اس لئے اس نے وہ بچا کھچا کھانا کھایا۔ پھر پائیوں کے سہارے اس طرف جہاں ان کی کار کھڑی تھی۔ اب اسے یقین ہو گیا تھا کہ کار کے انجن میں کوئی خرابی نہیں تھی بلکہ پیدا کی گئی تھی تاکہ وہ لوگ اس مکان میں آسکیں۔

اس کا اندازہ درست نکلا۔ سڑک پر پہنچ کر اس نے دیکھا کہ کار اب وہاں نہیں تھی اور گاڑی کے پہیوں کے تازہ نشان برف پر بنے ہوئے تھے۔

ایک بار وہ پھر اُلجھن میں پڑ گیا کہ اب کیسے جائے، اور کدھر جائے، آخر دل ہی دل میں ایک فیصلہ کر کے اندازے سے وہ پیدل ہی چل پڑا —

19

کوئی تین گھنٹے چلنے کے بعد اسے کسی گاڑی کے انجن کی آواز سنائی دی ۔ اسے ڈر ہوا کہ کہیں یہ جائی کا اور اس کا ساتھی نہ ہوں اس لئے وہ برف کے ایک تودے کے پیچھے چھپ گیا۔ تھوڑی دیر بعد ہی اس نے ایک ٹریکٹر کو آتے دیکھا جسے ایک نوجوان چلا رہا تھا۔

زاہد کی جان میں جان آئی وہ آڑ سے نکل کر سڑک پر آ گیا۔ مگر اب مشکل یہ تھی کہ وہ کسان سے بات کیسے کرے ۔ اس نے اپنے سر پر کنٹوپ اس طرح چڑھا رکھا تھا کہ اس کی شکل نظر نہ آ رہی تھی ۔ آخر ایک ترکیب اس کی سمجھ میں آ گئی ۔ اس نے ٹرک کو رکنے کا اشارہ کیا کسان نے ٹرک روک لیا تو وہ گونگا بن کر اشارے سے اس کو سمجھانے لگا کہ وہ اسے آبادی تک چھوڑ دے ۔ کسان نے اس سے پوچھا۔

"تم اکیلے اس سڑک پر کیا کر رہے ہو؟"

زاہد نے پھر اُسے اشارے سے بتایا کہ اس کی گاڑی راستے میں خراب ہو گئی ہے۔ آخر کسان نے اس کو ٹرک میں بیٹھ جانے کا اشارہ کیا۔ ٹرک چل پڑا۔ وہ چونکہ گونگا بنا ہوا تھا اس لئے کسان راستے میں اس سے نہ جانے کیا کیا کہتا رہا، اور زاہد صرف سر ہلاتا رہا۔

شام تک وہ ایک قصبہ میں پہنچ گئے۔ اس نے اشاروں سے کسان کا شکریہ ادا کیا اور آبادی کے سرے پر اتر گیا۔ قصبہ زیادہ بڑا نہیں تھا تھوڑی سی تلاش کے بعد ہی اس کو بس اسٹاپ مل گیا۔ خوش قسمتی سے اس کے پاس نقشہ موجود تھا۔ قصبہ کا نام اس نے بورڈ پر پڑھ لیا تھا۔ نقشہ پھیلا کر پہلے اس نے اس قصبہ کا نام تلاش کیا، پھر قریبی شہر دیکھا کچھ دیر بعد ایک بس آئی جس پر اس شہر کا نام لکھا تھا۔ زاہد بس میں سوار ہو گیا۔ کنڈکٹر آیا تو اس نے چینی نوٹ اس کی جانب بڑھا کر اس شہر کا نام لے دیا۔

کنڈکٹر نے اس کو ٹکٹ دے دیا۔ اس نے آنکھوں پر ابھی تک ڈارک عینک چڑھا رکھی تھی جو برفانی علاقوں میں پہننا ضروری ہوتا ہے عینک سے اس کی آنکھیں چھپ گئی تھیں۔ باقی چہرہ اس نے اوور کوٹ کے کالر سے چھپا رکھا تھا۔

رات کو دس بجے کے قریب بس نے اس کو شہر میں پہنچا دیا۔۔۔ یہاں ہوٹل تھے۔ شہر میں پہنچ کر وہ پھر گونگا بن گیا اور ہوٹل میں اس نے اشاروں سے اپنی بات ظاہر کر کے ایک کمرہ کرائے پر لیا اور کھانا اپنے کمرے پر ہی منگا لیا۔

کھانا کھا کر وہ سو گیا۔ ایک رات برف میں گذار کر اسے پتہ چلا کہ

دنیا کی سب سے زیادہ لذت صرف حرارت میں ہے ۔ کیوں کہ حرارت ہی زندگی کا دوسرا نام ہے ۔

صبح کو وہ جاگا تو تازہ دم تھا۔ اس نے ناشتہ بھی اپنے کمرے میں ہی منگایا۔ پھر نقشہ دیکھنے لگا۔ اسے یقین تھا یہاں سے کوئی ٹرین پیکنگ کو ضرور جاتی ہوگی ـــــ اسے یہ بھی یقین تھا ابھی تک اس کے بچ جانے کا شک فیوسٹی کو نہیں ہوا ہوگا۔ ویسے چائی کا اس کو فہیم کے کامیاب ہونے کی یعنی اس کی موت کی اطلاع دے چکا ہوگا۔

ناشتہ وغیرہ کر کے اس نے ہوٹل کا بل دیا اور ہوٹل سے چل دیا ہوٹل سے باہر آکر اس نے عینک اتاری ۔ اس ملک میں غیر ملکی ٹورسٹ بہت پھر رہے تھے ، اس لئے وہ بھی ٹورسٹ ہو سکتا تھا راستے میں جنرل مرچنٹ کی ایک دوکان سے اس نے کچھ میک اپ کا سامان خریدا ۔ پھر ایک ٹیکسی لے کر اسٹیشن آیا۔ اسٹیشن کے ویٹنگ روم کے باتھ روم میں گھس کر اس نے اپنا میک اپ کیا۔ اس کے پاس میک اپ کا پورا سامان نہیں تھا پھر بھی اس نے حلیہ ایسا بنالیا کہ وہ جاپانی یا انڈونیشیا کا باشندہ لگتا تھا۔

وہاں سے پیکنگ کے لئے ڈائریکٹ ٹرین ملتی تھی ۔ ایک گھنٹہ بعد ٹرین آگئی اور وہ ٹرین میں بیٹھ کر روانہ ہو گیا۔

دوسرے دن وہ پیکنگ پہنچا۔ ابھی تک کوئی خطرہ نظر نہیں آیا تھا۔ اس کا مطلب تھا ابھی تک ان لوگوں کو یہ پتہ نہیں چلا تھا کہ وہ زندہ ہے ۔

پیکنگ اسٹیشن پر اُتر کر اس نے ایک پبلک فون بوتھ سے سفارت خانے کو فون کیا۔ پرمود نے جب اس کی آواز سنی تو بولا۔

"زاہد صاحب آپ کہاں سے بول رہے ہیں؟"

"اسٹیشن سے۔"

"کیا کچھ گڑبڑ ہوگئی ہے۔ صبح سے تین بار مسٹر فیوشی کا فون آچکا ہے کہ آپ کے بارے میں اگر کچھ معلوم ہو تو ہم فوراً ان کو فون کر دیں۔"

"بہت کچھ گڑبڑ ہوگئی ہے مسٹر پرمود۔ کیا آپ مجھ سے اسٹیشن پر آکر مل سکتے ہیں؟"

"ہاں آسکتا ہوں۔"

"تو آجائیے، میں پلیٹ فارم نمبر ۴ پر چوتھے لائٹ پول کے پاس ملوں گا۔ لیکن یہ چیک کر لیجیے کہ کوئی آپ کا پیچھا نہ کر رہا ہو۔"

"اس کا مطلب ہے آپ خطرے میں ہیں۔"

"ہاں ۔۔۔ میں زیادہ دیر بات نہیں کر سکتا۔ آپ ضرور آجائیں۔"

یہ کہہ کر زاہد نے فون بند کر دیا۔

دو گھنٹے انتظار کے بعد پرمود آیا۔ آتے ہی بولا۔ آپ کا اندازہ درست تھا۔ میرا پیچھا کیا جا رہا تھا۔ بڑی مشکل سے تعاقب کرنے والے سے چھٹکارا حاصل کر کے آیا ہوں۔"

زاہد نے فکر مند لہجے میں کہا۔" اس کا مطلب ہے ان کو پتہ چل چکا ہے کہ میں زندہ ہوں۔"

"میں سمجھا نہیں ۔۔۔" پرمود حیرت سے بولا ۔۔۔" کیا آپ کو کوئی حادثہ پیش آگیا تھا؟"

چلئے کسی چائے خانے میں چل کر بیٹھتے ہیں ۔۔۔ پھر میں آپ کو

سب کچھ بتاؤں گا۔"

وہ ایک چائے خانے میں جاکر بیٹھ گئے اور زاہد شروع سے لیکر اس وقت کے تمام واقعات تفصیل کے ساتھ پرمود کو بتانے لگا۔ سب کچھ سننے کے بعد پرمود بولا۔

"اس کا مطلب ہے ڈاکٹر کم یاک واقعی چینی جاسوس ہے اور ہمارے کسی اہم پروجیکٹ پر کام کرتے ہوئے خبریں یہاں بھیجتا رہتا ہے۔"

"ہاں ۔۔ یہ بات اب یقینی ہے" زاہد بولا۔

"اسی لئے ان لوگوں نے آپ کو قتل کرانے کی کوشش کی۔ کیوں کہ آپ کم یاک کی شخصیت سے واقف ہو چکے ہیں"

"ہاں، میرا خیال ہے وہ لوگ یا تو میری نگرانی کر رہے ہیں یا پھر وہ مائی لا کی نگرانی کر رہے تھے۔ جب میں اس سے ملنے گیا مجھے وہاں دیکھ کر وہ سمجھ گئے کہ میں اس سے ملنے کیوں گیا ہوں، اس کے بعد شاید انہوں نے احتیاطاً کاسر میں انکوائری کی ہوگی اور پتہ چلا ہوگا کہ ایک شخص کم یاک کے بارے میں پوچھتا پھر رہا تھا اس سے وہ سمجھ گئے کہ کم یاک کا راز فاش ہو گیا ہے۔ چونکہ یہ راز ابھی مجھ تک ہی محدود تھا۔ اس لئے انہوں نے مجھے قتل کرنے کی کوشش کی کہ وہ قدرتی حادثہ معلوم ہو۔ چائی کا یہی کہہ رہا تھا کہ فیوشی میری لاش دیکھے بغیر نہیں مانے گا۔ میری موت کی اطلاع پاکر فیوشی نے میری لاش تلاش کرائی ہوگی۔ جب میری لاش نہ ملی ہوگی تو انہوں نے آس پاس کی بستیوں میں مجھے تلاش کیا ہوگا اور شاید اس کسان سے پتہ چل گیا ہوگا اور اس نے ایک گنجے شخص کو لفٹ دی تھی جس

کے کپڑے شہری تھے اس پر فیوشی سمجھ گیا کہ میں زندہ ہوں۔"

"اب وہ میری تلاش میں ہیں۔ میرا زندہ رہنا ان کے جاسوس کمپایک کے لئے بھی خطرناک ہے اور انٹرنیشنل طور پر بدنامی کا بھی ڈر ہے"

"تو پھر اب آپ اس ملک سے باہر کیسے جائیں گے۔ وہ تمام راستوں کی نگرانی کر رہے ہوں گے۔"

"اب یہ کام آپ کا ہے" زاہد نے کہا "آپ یہاں دو سال سے ہیں، آپ کو معلوم ہو گا کہ اس ملک سے ایمرجنسی حالات میں جانا ہو تو کس طرح جایا جا سکتا ہے۔"

پرمود نے کچھ سوچ کر کہا "اب تو ایک ہی صورت ہے۔ آپ کو ہانگ کانگ اسمگل کرایا جا سکتا ہے۔ لوکل دو آدمی ہمارے لئے کام کرتے ہیں ان کے ذریعے یہ کام کرایا جا سکتا ہے۔"

"کچھ بھی کیجئے مجھے ہانگ کانگ پہنچانے کی ذمے داری اب آپ کی ہے"

"اچھی بات ہے چلئے۔ ہم اپنے مقامی ایجنٹ سے جا کر ملتے ہیں۔"

زاہد پرمود کے ساتھ چل دیا۔

مقامی ایجنٹ سرکاری دفتر میں ہی نوکر تھا اس نے واقعات سن کر کہا۔۔ "آپ کا اندازہ درست ہے۔ اس وقت سارے ملک کی پولیس اور دوسری ایجنسیاں آپ کی تلاش میں ہیں۔ لیکن آپ فکر نہ کیجئے کچھ روپیہ خرچ کرنا ہو گا۔ آپ کو سمندری راستے سے ہانگ کانگ اسمگل کرا دیا جائے گا۔"

"روپے کی فکر مت کرو" پرمود بولا "مسٹر زاہد کا بخیریت اس ملک سے باہر جانا بہت ضروری ہے۔"

مقامی ایجنٹ نے کہا "آپ مجھ پر بھروسہ کر سکتے ہیں۔"

ایجنٹ بھروسے کا آدمی تھا۔ پرمود زاہد کو چھوڑ کر چلا گیا۔

دوسرے دن مقامی ایجنٹ نے زاہد کو میک اپ کا بہترین سامان لا دیا اور اس سے اپنا حلیہ بدلنے کو کہا۔ زاہد نے دو گھنٹہ محنت کی اور بالکل جاپانی بن گیا۔

اسی رات وہ ایجنٹ زاہد کو اپنی کار میں بٹھا کرلے چلا۔ ساری رات انہوں نے سفر کیا۔ دوسرے دن بھی آدھا دن سفر میں رہے۔ آخر ایک چھوٹے سے ساحلی قصبہ میں پہنچ گئے۔ راستے میں کئی جگہ چیکنگ بھی ہوئی۔ مقامی ایجنٹ نے ایک فرضی نام کے شناختی کا غذات زاہد کے لئے بنوا دیئے تھے۔ ساحلی گاؤں میں وہ پہنچ کر ایک شخص سے ملے جس کے نام مقامی ایجنٹ ایک خط لایا تھا۔

آخر رات کو بارہ بجے اندھیرے میں ساحل کے ایک ویران حصہ سے موٹر بوٹ میں بیٹھ کر زاہد روانہ ہو گیا۔ مقامی ایجنٹ اس کو موٹر بوٹ پر سوار کرا کے چلا گیا۔ سمندر میں ایک اسٹیمر کھڑا تھا جو اس علاقے میں جونگا کہلاتا تھا۔ جونگا پر اور بھی بہت سا اسمگلنگ کا مال لدا ہوا تھا۔

صبح ہوتے ہوتے جونگا ہانگ کانگ پہنچ گیا۔ وہاں بھی ساحل سے دور تین چار موٹر بوٹ ان کی منتظر تھیں۔ زاہد کو موٹر بوٹ میں ساحل پر اتار دیا گیا۔

اب وہ خطرے سے باہر تھا اور یہاں سے ہر کام آسان تھا۔ ہانگ کانگ میں زاہد کے کئی دوست رہتے تھے ایک دوست سے کچھ روپیہ ادھار لے کر اسی روز وہ ہندوستان کے لئے روانہ ہو گیا لیکن گھر پہنچتے ہی اسے پہلی خبر ملی

"ڈاگا کے ہونے والے خسر ڈاکٹر کم یانگ نے خودکشی کر لی۔"

۲۰

جنرل کیو کے دفتر میں زاہد، جاوید، سیما، ڈاگا اور جنرل سمیت سب لوگ اکٹھے تھے۔ سب کے سامنے کافی کے کپ رکھے تھے۔ جنرل کے چہرے سے مسرت، اور طمانیت جھلک رہی تھی۔ زاہد کے ہاتھ میں ڈاکٹر کم یاک کا وہ خط تھا جو اس نے خودکشی کرنے سے پہلے اپنی بیٹی موان شائی کے نام لکھا تھا، خط میں لکھا تھا:

بیٹی موان شائی

جب تمہیں میرا یہ خط ملے گا اس وقت میں دوسری دنیا میں پہنچ چکا ہوں گا۔ مجھے مجبوراً خودکشی کرنی پڑ رہی ہے کیوں کہ کل ہی مجھے میرے چینی ہیڈکوارٹر سے اطلاع ملی ہے کہ میرا راز کھل چکا ہے۔

یہ وہ راز تھا بیٹی جو میں نے آج تک تم سے بھی چھپایا لیکن

اب مرنے سے پہلے میں اپنی جرم کا اعتراف کر لینا چاہتا ہوں میں در اصل چینی حکومت کا جاسوس تھا۔ تم یہ لائنیں پڑھ کر ضرور چونکو گی۔ لیکن کبھی کبھی حالات اس طرح کے پیدا ہو جاتے ہیں کہ آدمی نہ جانے کیا کیا کرنے پر مجبور ہو جاتا ہے۔

جب میں بائیس سال کا تھا اور میں نے کیمسٹری میں یونیورسٹی میں ٹاپ کیا تھا۔ اس وقت حکومت کا ایک ایجنٹ مجھ سے آکر ملا تھا اور اس نے مجھے ایک پیش کش کی تھی۔ وہ پیشکش میرے لئے بڑی عجیب تھی میں اس وقت ناسمجھ تھا اس نے ملک کی بھلائی اور میری قربانی کا حوالہ دے کر مجھے وہ پیش کش ماننے پر مجبور کر دیا۔

پیش کش یہی تھی کہ میں چینی جاسوس بن کر ہندوستان، چلا جاؤں۔

یہاں میں ذرا سی وضاحت کر دوں۔ ہر ملک اپنے جاسوس پڑوسی ملکوں میں بھیجتا ہے۔ ہندوستانی جاسوس ہمارے ملک میں بھی کام کرتے ہیں ان جاسوسوں کی دو قسمیں ہوتی ہیں ایک وہ جو وقتی طور پر بھیجے جاتے ہیں جن کو تھوڑے تھوڑے عرصے کے بعد بدل دیا جاتا ہے۔ دوسرے جاسوس وہ ہوتے ہیں جو لانگ ٹرم ایجنٹ کہلاتے ہیں یا ان کو سلیپنگ ایجنٹ بھی کہا جاتا ہے۔ ایسے ایجنٹ پوری زندگی دوسرے ملک میں رہ کر گذارتے ہیں اور اس طرح رہتے ہیں کہ اس ملک سے اپنی وفاداری ثابت کر کے کسی اہم محکمہ میں کوئی پوسٹ

حاصل کر لیتے ہیں ۔میں چونکہ کیمسٹری کا سب سے ذہین سٹوڈنٹ مانا گیا تھا ۔ اس لئے انھوں نے مجھے لانگ ٹرم جاسوس بنا کر ہندوستان بھیجنے کا پروگرام بنایا تھا، اس کے لئے پہلے میرے لئے تبتی شناخت کی بنیاد قائم کی گئی میری شہریت اور پیدائش کے نقلی کاغذات تیار کئے گئے تبت کے ایک قصبہ کاسہ کو میرا وطن دکھایا گیا مجھے تبتی زبان روانی سے بولنا سکھایا گیا ۔ پھر مجھے چھ مہینے اس قصبہ میں رکھا گیا تاکہ میں وہاں کی گلیوں اور راستوں سے واقف ہو جاؤں یہ اب سے بائیس سال پہلے کی بات ہے ۔جب تبت پر چینی حکومت غلبہ حاصل کر رہی تھی ۔۔ اس کے بعد مجھے ایک قیدی کیمپ میں رکھ کر وہاں سے میرے فرار کا ڈرامہ کھیلا گیا اور میں تبتی رفیوجی بن کر ان کے قافلے کے ساتھ ہندوستان آگیا اور یہاں مجھے تبتی پناہ گزین مان لیا جب کہ میری پیدائش پیکنگ کی ہی تھی ، اور میں چینی نسل کا تھا ۔

ان کی ہدایت کے مطابق پہلے میں نے یہاں نوکری تلاش کی یونیورسٹی میں ملازمت ملنے کے بعد میں نے ریسرچ شروع کی اور جب میں نے اپنی ڈاکٹریٹ حاصل کر کے کیمسٹری میں شہرت حاصل کر لی تو توقع کے مطابق مجھے گورنمنٹ کے ایک اہم پروجیکٹ میں کام کرنے کی پیشکش کی گئی ۔

ہندوستانی شہریت مجھے مل ہی چکی تھی اور گورنمنٹ میرے بارے میں سب کچھ چیک کر چکی تھی

چینی حکومت نے مزید مجھے ہندوستانی وفادار ثابت کرنے کے لئے وہ جھوٹا مقدمہ چلا کر مجھے غائبانہ سزا دی اور وہ خبر اخبار میں چھاپی۔ مقصد صرف یہ تھا کہ ہندوستانی حکومت کو کبھی بھی یہ شک نہ ہو کہ میں چینی ایجنٹ ہو سکتا ہوں۔

جب مجھے اس اہم پروجیکٹ پر نوکری مل گئی۔ تب مجھ سے چینی جاسوس آکر ملا اور اس نے مجھ سے کہا کہ اب وقت آگیا ہے کہ میں پروجیکٹ پر ہونے والے کاموں کے بارے میں اس کو اطلاع دیتا رہوں۔

ہماری کوٹھی کے سامنے والے مکان میں وہ چینی جاسوس آکر رہنے لگا تھا۔ ہم آپس میں کبھی نہیں ملتے تھے۔ لیکن ہم ایک دوسرے کو سگنل دے کر ملنے کا وقت مقرر کر لیتے تھے اور کسی ایسی جگہ جاکر ملتے تھے جہاں کوئی ہمیں نہ دیکھ سکے۔ سگنل کوڈ یہ تھا کہ ہم دونوں میں سے جب کبھی کسی کو ملاقات کی ضرورت ہوتی تھی۔ وہ اپنی کھڑکی میں لال رنگ کا شیڈ چڑھا کر ٹیبل لیمپ روشن کر کے رکھ دیتا تھا۔ دوسرے دن ہم وقت مقررہ پر ایک مقررہ جگہ مل کر کہیں بھی جا بیٹھتے تھے اور اس طرح میں پروجیکٹ کے راز اس کو بتا دیتا تھا — وہ ایجنٹ کس طرح یہ راز چین بھیجتا تھا یہ مجھے معلوم نہیں۔

سب کچھ بڑے اطمینان سے ہو رہا تھا کہ اچانک تمہاری دوستی ڈاگا سے ہو گئی۔ جب مجھے یہ پتہ چلا کہ ڈاگا پرائیویٹ

جاسوس ہے اسی وقت مجھے ڈر لگا تھا کہ کہیں اسے مجھ پر شک نہ ہو جائے۔ بدقسمتی سے ڈاگا کو اس مقدمے کے بارے میں پتہ چل گیا اور چونکہ وہ جاسوس ہے اس لئے اس کے ذہن میں وہ سوال اُٹھے جو اُٹھنے چاہیئے تھے۔ میں نے ڈاگا کو مطمئن کرنے کے لئے کاسہ کا تفصیل سے ذکر کیا تھا تاکہ اسے یقین ہو جائے کہ میں واقعی تبت کا پناہ گزین ہوں اس وقت تک مجھے پتہ نہیں تھا کہ ڈاگا محکمہ انٹیلی جنس کے مشہور جاسوس کرنل زاہد کا ساتھی ہے۔

مجھے یقین ہے کہ ڈاگا نے یہ ساری باتیں کرنل زاہد کو بتائی ہوں گی۔ کرنل زاہد خطرناک طور پر ذہین شخص ہیں چنانچہ وہ صحافیوں اور ادیبوں کی کانفرنس میں جرنلسٹ بن کر چلے گئے اور وہاں میرے بارے میں چھان بین شروع کر دی گئی، زیادہ تفصیل میں جانے کی ضرورت نہیں۔ مختصر یہ ہے کہ کل ہی مجھے دوسرے ایجنٹ نے آ کر بتایا ہے کہ کرنل زاہد میرا راز جان چکے ہیں اور مجھے اپنی حفاظت کا بندوبست کر لینا چاہیئے۔ میں جانتا ہوں کہ اب کچھ نہیں ہو سکتا۔ میں کر بھی کیا سکتا ہوں۔ واپس چین نہیں جا سکتا۔ اور کرنل زاہد کسی وقت بھی واپس آ سکتے ہیں۔

چنانچہ میں اپنی زندگی ختم کر رہا ہوں اور خدا سے دعا کرتا ہوں کہ میرے اس جرم کی سزا تم کو نہ ملے۔ بیٹی تم جانتی ہو میں نے تمہیں ہمیشہ ایک اچھا اور شریف ہندوستانی

بننے کی تلقین کی ہے ۔ تمہارا وطن اب یہی ملک ہے اس لئے تم کوئی ایسا قدم مت اٹھانا جس سے دنیا تمہیں یہ کہے کہ ایک غدار باپ کی بیٹی غدار ہی ثابت ہوگی۔

ڈاگا اچھا لڑکا ہے ۔ اگر میرے مرنے کے بعد بھی وہ تم سے شادی کرنا چاہے تو اس سے شادی کر لینا ۔ مجھے یقین ہے کرنل زاہد میرے جذبات کو سمجھ سکیں گے ۔

اچھا ہمیشہ کے لئے رخصت ۔

تمہارا بدنصیب باپ ۔ کم یاک

زاہد نے خط پڑھ کر ایک گہرا سانس لیا، اور پھر بولا۔

"تو آپ کو ڈاکٹر کم یاک پر پہلے سے شک تھا ۔ اسی لئے اس کی بیٹی کو اپنے ساتھ لئے پھرتے تھے ؟"

جنرل نے مسکرا کر کہا " لڑکی خوب صورت ہے میں چاہتا تھا کہ جاوید یا ڈاگا میں سے کوئی اس میں سے دل چسپی لینے لگے ۔ دوستی ہو جانے پر اندر کا کوئی نہ کوئی راز نکلنے کا چانس تھا"

لیکن آپ کو شک کیسے ہوا ۔ زاہد نے سوال کیا ۔

مجھے کامل طور پر ڈاکٹر کم یاک پر شک نہیں تھا ۔ لیکن چین میں موجود ہمارے ایجنٹ نے یقینی طور پر یہ اطلاع دی تھی کہ ہمارے پروجیکٹ میں کوئی چینی جاسوس ہے ۔ میں نے پروجیکٹ کے اہم عہدوں پر کام کرنے والے سب لوگوں کے بارے میں چیکنگ کرائی تھی کسی کے خلاف کوئی شک نہیں تھا لیکن چونکہ کم یاک تبت سے آیا تھا اس لئے میں اس کی چیکنگ دوسری طرح کرانا چاہتا تھا۔

"اس کی بیٹی کو استعمال کرکے" جاوید بولا۔

"سوری ڈاگا ـــ ہمارے پیشے میں جذبات کو کوئی دخل نہیں ہوتا۔ میری اسکیم کامیاب ہوگئی۔ نتیجہ تم لوگوں کے سامنے ہے۔"

ڈاگا مونہہ بسور کر بولا۔ وہ تو ٹھیک ہے آپ کو چینی جاسوس مل گیا مگر میرا اب کیا ہوگا۔

جنرل نے مسکرا کر کہا " میں نے لڑکی کو بہت قریب سے دیکھا ہے، وہ بہت ایمان دار اور شریف لڑکی ہے اور اسے واقعی ہمارے ملک سے محبت ہے اس لئے وہ خود اپنے باپ کا یہ خط مجھے دے گئی ہے، تم چاہو تو موان شائی سے شادی کر سکتے ہو۔"

" مگر وہ دو دن سے گھر سے غائب ہے۔ ڈاگا نے مونہہ بنا کر کہا۔

" صبر کرو برخوردار۔ وہ انسان ہے۔ اس کا باپ ابھی مرا ہے اور اسے یہ بھی شرمندگی ہوگی کہ اس کا باپ غدار تھا۔ اس لئے اس کو خود کو سنبھالنے میں کچھ عرصہ لگے گا۔ دو چار مہینے کے لئے اس کو اکیلا چھوڑ دو۔ اس کے بعد اس سے ملنا۔ مجھے یقین ہے وہ تم سے شادی کرنے کو تیار ہو جائے گی۔"

جاوید بولا ـــ" آپ تو اس یقین سے کہہ رہے ہیں جیسے اس طرح کے عشق آپ بھی کرتے رہے ہوں۔"

جنرل نے مونچھوں پر ہاتھ پھیرتے ہوئے کہا" برخوردار یہ مت بھولو کبھی ہم بھی جوان ہوا کرتے تھے اور تم سے زیادہ خوب صورت تھے ـــ"

اس پر سب قہقہہ مار کر ہنس پڑے۔

●●

کرنل زاہد کی سراغ رسانی کا ایک اور شاہکار

موت کے کھلونے

مصنف : قانون والا

بین الاقوامی ایڈیشن جلد منظر عام پر آرہا ہے

www.ingramcontent.com/pod-product-compliance
Lightning Source LLC
LaVergne TN
LVHW020442070526
838199LV00063B/4828
9789358728804